UNA VITA DI STELLE LIBRARY®

Gruppo A.V. Italia S.r.l.

Partita iva 03624001206

COPYRIGHT FRANCESCA TERRAZZINO©

Unavitadistelle.com

unavitadistelle@gmail.com

A LIFE OF STARS®

Group A.V. Italia S.r.l.

VAT number 03624001206

COPYRIGHT FRANCESCA TERRAZZINO©

Unavitadistelle.com

unavitadistelle@gmail.com

Mutanti in gioco   *Mutants in Play*

Questo romanzo è un'opera di fantasia.
Nomi, personaggi, luoghi e avvenimenti sono frutto dell'immaginazione dell'autrice o usati in modo fittizio.
Ogni somiglianza a luoghi o eventi reali o a persone realmente esistenti o esistite è non voluta e puramente casuale.
Tutti i diritti sono riservati. Nessuna parte di questo volume può essere riprodotta, memorizzata o trasmessa in alcuna forma o con alcun mezzo elettronico, meccanico, in fotocopia, in disco o in altro modo, compresi cinema, radio, televisione, senza autorizzazione scritta dell'Editore.
La riproduzione effettuate per finalità di carattere professionale, economico o commerciale o comunque per uso diverso da quello personale possono essere effettuate a seguito di specifica autorizzazione rilasciata da,
Una vita di stelle library,
Gruppo A.V. Italia S.r.l.
Partita iva 03624001206
2022

MUTANTI IN GIOCO

Noi che rubiamo i ponti all'Arno

MUTANTS IN PLAY

We, who take the bridges from the Arno

FRANCESCA *TERRAZZINO*

Della stessa autrice

Noi fantasmi che ascoltiamo solo il nostro passato (2003)

Equilibrio liquido (2019)

Tacite assonanze (2021)

Nero rosso bianco sangue (2022)

Il Paradigma delle Opzioni Vanilla (2022)

By the same author:

"We, Ghosts Who Listen Only to Our Past" (2003)

"Liquid Balance" (2019)

"Tacit assonances" (2021)

"Black Red White Blood" (2022)

"The Paradigm of Vanilla Options" (2022)

«Che succede?» probabilmente è quello che si chiedono molti

bambini quando vivono in miseria e hanno fame…

Forse qualcuno racconta loro una bugia, rispondendo,

«Migliorerà, vedrai…».

D'altronde cosa c'è di più finemente subdolo e garbatamente

interlocutorio, di una bugia ben detta.

I Mutanti (in gioco)

"hat's happening?" is probably what many children ask

themselves when they live in poverty and are hungry...

Perhaps someone tells them a lie, answering,

"It will get better, you'll see..."

After all, what is more subtly deceptive and politely

conversational than a well-spoken lie.

The Mutants (at play)

CAPITOLO PRIMO

Giovanna si aggiustò il ciuffo scomposto, sottili rughe create dal disagio le increspavano gli angoli della bocca, strinse gli occhi, miope, valutando la distanza che doveva percorrere con la carrozzina, fino al portone. La carrozzina era un raro ed incredibile oggetto di geniale design, ergonomica, in titanio, leggerissima, con due ruote ampie fino quasi ai braccioli, alti un metro da terra, con pneumatici soffici ma resistenti ed ammortizzatori da auto sportiva, ma mignon, come i piccoli dolcetti ripieni di crema, per cui ti sembrava di peccare solo parzialmente, con piccoli morsi acuti, piuttosto che ottusi.

CHAPTER ONE

Giovanna adjusted her disheveled tuft of hair; subtle wrinkles of discomfort creased the corners of her mouth. She squinted, nearsighted, assessing the distance she had to cover with the stroller to reach the entrance. The stroller was a rare and incredible object of ingenious design— ergonomic, made of titanium, feather-light, with two wide wheels almost reaching the armrests, standing a meter off the ground. It had soft yet durable tires and sports car-like shock absorbers, but in miniature form, like those small cream-filled pastries where you felt like you were only indulging partially, with little sharp bites rather than dull ones.

Le maniglie per spingerla erano naturalmente ergonomiche, in gomma, con le scanalature delle dita disegnate accuratamente e zigrinate per una presa eccellente. Pesava 10 kg e 450 grammi da vuota, con Marco seduto, quasi 30 kilogrammi.

Il portone distava quasi un metro e trenta, due scalini nell'androne, la porta dell'uscite, di quelle vecchie di legno, dei portoni antichi che adornavano i palazzi del '500. Larghezza appena un metro e trenta centimetri scarsi. La larghezza della carrozzina era, inclusa la sporgenza delle ruote, un metro e venti centimetri. Tutte le volte però bisognava ricordare a Marco, di non agitare le braccia, altrimenti si faceva male…

The handles for pushing it were naturally ergonomic, made of rubber, with finger grooves carefully designed and textured for an excellent grip. It weighed 10.45 kilograms when empty, and with Marco seated, almost 30 kilograms.

The entrance was about one meter and thirty centimeters away, with two steps in the vestibule leading to the old wooden exit door, one of those ancient doors that adorned buildings from the 1500s. Its width was just a scant one meter and thirty centimeters. The width of the stroller, including the wheel protrusions, was one meter and twenty centimeters. However, each time, it was necessary to remind Marco not to wave his arms, or else he could get hurt...

Per farlo ridire Giovanna gli raccontava che era un uccellino che doveva acquattarsi nel nido per passare sotto al portone, perché era stretto stretto strettissimo…e sulla "o" finale prolungata e melodiosa, erano fuori, sorridenti.

Il sole li investì, accecandoli, Marco urlò ancora:

«OOOOOOOOOOOO»

«Marco, basta, ora non sei più un uccellino, sei un grosso leone! Devi stare zitto zitto nella savana, perché laggiù nell'erba bruciata dal sole, sta brucando una gazzella cicciotta!»

«OOOOTTTTTTAAAAA A»

Giovanna rideva e gli accarezzava il capo scomposto.

To make him laugh, Giovanna would tell him that he was a little bird that had to crouch in the nest to pass under the door because it was very, very, very narrow... and on the prolonged and melodious final "o," they were outside, smiling.

The sun engulfed them, blinding them. Marco shouted again: "OOOOOOOOOOOO."

"Marco, that's enough. Now you're not a little bird anymore; you're a big lion! You have to be very quiet in the savannah because down there in the sun-scorched grass, a chubby gazelle is grazing!" "OOOOTTTTAAAAAA."

Giovanna laughed and tousled his hair.

Poi con un delicato fazzolettino di cotone bianco con le iniziali ricamate insieme ad un orsacchiotto azzurro appeso ad un palloncino arancione, gli asciugava la saliva che colava dalla bocca.

In verità, il fazzolettino detergeva con evidente difficoltà, anche vero che eseguire la stessa operazione con della carta, appariva brutale.

Aggrapparsi all'apparenza alla fine sembrava la soluzione più accettabile e digeribile.

Superarono l'intera via Mancuso, girarono l'angolo a via Bortolotti e intravidero il muso della Peugeot nel parcheggio invalidi.

«Giovanna, Marco lo volete un dolcetto buono?»

Then, using a delicate white cotton handkerchief with embroidered initials along with a blue teddy bear hanging from an orange balloon, she wiped the drool that dripped from his mouth.

In truth, the handkerchief cleaned with evident difficulty, but it was also true that performing the same operation with paper seemed brutal. Clinging to appearances, in the end, appeared to be the most acceptable and digestible solution.

They crossed the entire Mancuso Street, turned the corner onto Bortolotti Street, and saw the nose of the Peugeot in the handicap parking lot.

"Giovanna, would Marco like a delicious treat?"

Il panettiere Gianfranco si affacciò dal negozio, brandendo una baguette fragrante per richiamare la nostra attenzione. Corpulento e brizzolato, energico e ottimista, divorziato e probabilmente erotomane ma davvero un gran bravo ragazzone in età.

«ETTTTOOOO BUUUUUOOONNNNOO OOOOO»

«Vedi mia bella mammina che Marco il dolcetto lo vuole? E tu lo vuoi un bel dolcetto dal tuo panettiere preferito?» ammiccò simpaticamente.

«Gianfranco lo sai…Marco non potrebbe, tutti quegli zuccheri, gli fanno male per il diabete mellito, o le amitrasi composite o non me lo ricordo, ma può solo un dolcetto, e con zuccheri non raffinati e farina per celiaci, senza glucosio»

The baker, Gianfranco, leaned out of his shop, waving a fragrant baguette to get their attention. He was portly and graying, energetic and optimistic, divorced, and probably an erotomaniac, but truly a good-hearted guy in his age.

"VEEEERRRRYYY GOOOOOD!" Marco exclaimed.

"You see, my beautiful mommy, Marco wants the treat. And do you want a nice treat from your favorite baker?" Gianfranco winked playfully. "Gianfranco, you know... Marco can't have it. All those sugars, they're bad for his diabetes, or the composite amitrases, or I can't remember, but he can only have a treat with unrefined sugars and gluten-free flour, no glucose."

Insomma 'no schifo»
«MEEEEELLLLLLIIIIIIT
TTTTTOOOOOOO»
«Ecco ora si scatena, dai e dagli stò dolcetto che la facciamo finita e vado in macchina a casetta mia»
«Ecco Marcolino, ti do il dolcetto dell'amore e della buona sorte, quello che fa i miracoli buoni e che mangiano solo i bambini intelligenti e simpatici come te. Non lo do a nessun altro, perché tu sei il più bel bambino del mondo!»
«Esagerato…tanto non te le faccio vedere le tette, anche con tutti questi discorsi buonisti»
«Ma chi le vuole vedere le tette della mamma, è piatta! Io voglio vedere le tettone! Non le tettine!!!»
«TETTTTTOOOOOOOOO OONNNNNNNNEEEEE»

Giovanna rideva, comprensibilmente sedotto dai modi gentili anche se vagamente subdoli del panettiere, rideva Marco che mentre addentava il biscotto, ne perdeva i tre quarti sulla maglietta.

Giovanna guardò il povero orsetto azzurro e il suo timido palloncino bagnato e cercò di asciugare il misfatto.

«Ti aiuto a caricare la carrozza»

«No dai, Marco è quasi 19 kilogrammi»

«Ma io sono un uomo» e le fissò il bel sedere tornito, castigato nella tuta economica della Decathlon.

«Chissà come staresti, vestita da donna…»

«La tuta da ginnastica è apparsa addosso a Nicki Minaj in un post di Instagram.

Giovanna laughed, understandably charmed by the kind, albeit subtly teasing, manners of the baker, while Marco, in the midst of biting into his biscuit, managed to spill three-quarters of it on his shirt.

Giovanna glanced at the poor little blue teddy bear and its bashful, damp balloon and tried to remedy the mishap.

"Shall I help you load the stroller?"

"No, please, Marco weighs nearly 19 kilograms."

"But I'm a man," he said, gazing at her shapely posterior, snugly clad in the economical Decathlon tracksuit.

"Who knows how you would look dressed as a woman..."

"A tracksuit like this one appeared on Nicki Minaj in an Instagram post.

Ed è stata recensita come migliore indumento dell'anno, sexycomodo, lo hanno definito»
«Ma chi è sta Nicchi?»
«Ma dai che lo sai, ha le poppe che sembrano due dirigibili…domani ti faccio vedere i suoi post, ex porno star, rapper…da frequentare»
Intanto Giovanna slacciava la sicurezza della carrozzina, consegnando Marco in braccio al panettiere. Aprì veloce la portiera dell'auto e riprese il ragazzo.
«Ora chi è Marco? Un topolino che deve abbassare la testolina per entrare dentro la tana…giù la testa topolino!»
«LLLLIIIIINNNOOOOO»

"And it's been reviewed as the best garment of the year, 'sexy and comfortable,' they've called it."
"But who is this Nicchi?"
"Oh, come on, you know her. She's got bosoms like two dirigibles... tomorrow I'll show you her posts, she's an ex-porn star, rapper... interesting crowd to hang out with."

Meanwhile, Giovanna unfastened the stroller's safety restraint, handing Marco over to the baker. She quickly opened the car door and took the boy back. "Now, who's Marco? A little mouse who has to lower his head to enter his burrow... down goes the head, little mouse!"

"LIINNNOOOO!"

Marco rideva, scomposto, disarmonico, perdendo vari fluidi dalla bocca e uno strano bolo salivare composto da cioccolata e mandorle, ma rideva. Era felice! Di fare il topolino. Di entrare nella tana. Come gli aveva detto la sua mamma.

«Hai bisogno di rilassarti Giovanna, sei una donna piacevole, intrigante e poi sei giovane»

«No»

«No…cosa?»

«Non mi interessa. Sei carino Gianfranco, un po' attempato ma una brava persona, e poi Marco ti vuole bene per tutte le volte che gli alzi la glicemia, ma la risposta è no»

«No…per sempre?»

«Non supplicare, non sta bene»

«Era una informazione»

«No per sempre»

«Sadica ma efficace»

Marco laughed, disheveled, out of tune, and with various fluids dribbling from his mouth, along with a peculiar saliva mixture of chocolate and almonds, but he laughed. He was happy! To play the little mouse. To enter the burrow. Just as his mommy had told him.

"You need to relax, Giovanna. You're a pleasant, intriguing woman, and besides, you're young."

"No."

"No... what?"

"I'm not interested. You're cute, Gianfranco, a bit older, but a good person, and Marco loves you for all the times you help him with his blood sugar, but the answer is no."

"No... forever?"

"Don't plead, it's not right."

"It was just a question."

"No, forever."

"Savage but effective."

«Ciao tesorino, ci vediamo giovedì prossimo, altra visita, altro biscotto»

«Che voglia di assaggiare il sapore della tua fetta biscott…»

Le parole volarono con via con il rombo del piccolo motore della Peugeot, Giovanna, ingranò seconda e terza e con una piccola sgommatina frenetica, si immise nel traffico milanese.

Inutile crucciarsi troppo, avrebbe sicuramente reincontrato Gianfranco o un altro Gianfranco nel turno serale.

«E' ora di fare la nanna, mio piccolo colibrì»

«OOLLLLLIIIBBBBBIIIII»

«I colobrì sono uccellini molto dinamici, volano da fiorellino a fiorellino, succhiano il nettare con il loro becco lungo.

"Goodbye, little treasure. See you next Thursday, another visit, another biscuit."

"How I wish to taste the flavor of your biscuit…"

The words flew away with the purr of the Peugeot's small engine. Giovanna shifted into second and third gear and, with a small, frenetic screech, merged into the Milanese traffic.

No need to fret too much; she would surely run into Gianfranco or another Gianfranco during the evening shift.

"It's time to go to sleep, my little hummingbird."

"HUMMMMMMBIIIRD!"

"Hummingbirds are very dynamic little birds. They fly from flower to flower, sipping nectar with their long beaks.

E mentre si posano su un altro fiorellino, ne lasciano un pochino per un altro uccellino, sono uccellini gentili, che vogliono bene a tutti e sono amati da tutti»

«UTTTTTTIIIIII»

«E quando viene il buio, loro sanno che devono fare la nanna, andare nella loro tanetta sugli alberi in fiore, e chiudere gli occhi da colibrì»

«UDDDERREE OCI COLI'»

«Vedi piccino mio, che progressi che fai, anche tu sei un piccolo colibrì, che vola gentile e agile di fiorellino e fiorellino e portare il nettare a tutti i suoi amichetti»

«MAMA?»

«Dimmi amorino mio, vuoi sognare il colibrì, stanotte?»

Marco agitò violentemente la testa in segno di approvazione.

"And as they land on another little flower, they leave a bit for another bird. They are kind little birds who love everyone and are loved by all."

"HUMIIIINGBIIIIIRDS!"

"And when the darkness comes, they know it's time to sleep, to go to their little nests on the flowering trees, and close their hummingbird eyes."

"HUMMMMIRD EYES!"

"You see, my little one, what progress you're making. You're a little hummingbird too, flying gently and gracefully from flower to flower, bringing nectar to all your little friends."

"MAMA?"

"Tell me, my sweetheart, do you want to dream about hummingbirds tonight?"

Marco vigorously nodded his head in approval.

«Allora è ora di chiudere gli occhietti belli, domani mattina ti farò trovare tanti cereali nel latte caldo, come piace a te»

«ALIIII ATTTTEEE DO»

Giovanna baciò il suo bimbo in fronte, accese la piccola abat – jour sul comodino e immediatamente le stelle gialle formarono un girotondo rasserenante sul soffitto.

Spense la luce della cameretta e le luci tramutarono in intensità, giocando al giro tondo notturno della quiete.

«Dormi bene amore mio, la mamma è nella sua stanza, se ti svegli, la chiami e viene subito»

«Ii»

"Then it's time to close your beautiful little eyes. Tomorrow morning, I'll have lots of cereal in warm milk for you, just the way you like it."

"ALLL RRREEEAADDDY MAMA!"

Giovanna kissed her child on the forehead, turned on the small bedside lamp, and immediately the yellow stars formed a soothing circle on the ceiling.

She turned off the nursery light, and the lights transformed in intensity, playing in the nightly round dance of tranquility.

"Sleep well, my love. Mommy is in her room. If you wake up, just call, and she'll come right away."

"Yesss."

Giovanna, respirò il silenziò, lo inalò a pieni polmoni, come la droga che le permettesse di sedersi in poltrona, prendere il portatile ed entrare nel suo account. Digitò rapidamente le password, il turno iniziava a breve, pochi minuti, il tempo di panino veloce con maionese e fontina.

Stappò una Corona, infilò sovrappensiero una fetta di limone e diede un lunghissimo sorso ghiacciato. Il liquido le inondò la gola e lo stomaco, creando immediatamente uno stato di contentezza ebete. Toccava a lei, la moderatrice le aveva attivato l'account, i volti e i messaggi scorrevano velocemente.

Giovanna breathed in the silence, inhaling it deeply as if it were a drug that allowed her to sit in her chair, grab her laptop, and log into her account. She quickly typed in her passwords; the shift was about to begin, just a few minutes away, just enough time for a quick sandwich with mayonnaise and fontina cheese.

She popped open a Corona, absentmindedly slid in a slice of lemon, and took a long, icy sip. The liquid flooded her throat and stomach, immediately creating a state of blissful contentment. It was her turn; the moderator had activated her account, and the faces and messages were scrolling quickly.

Il suo compito quello di scrivere messaggi. 75 caratteri, senza punti, emoji, esclamazioni o interiezioni. 75 caratteri puliti, 0,5 centesimi a messaggio. In un turno da 5 ore, riusciva a scrivere quasi 300 messaggi validi. Ergo, guadagnava 150 euro al giorno. Senza farsi vedere, senza che la sua identità fosse palesata ma scrivendo messaggi in chat erotiche con un altro profilo. Poteva fornire un contentino ogni tanto, per tenere vivo l'interesse, inviare un allegato, in genere il suo personaggio con tette o culo esposti, oppure con qualche dildo infilato in orifizi, o ancora qualche primo piano sexy con un capezzolo sovraesposto.

Her task was to write messages. 75 characters, no periods, emojis, exclamations, or interjections. 75 clean characters, earning 0.5 cents per message. During a 5-hour shift, she could write almost 300 valid messages. Therefore, she earned 150 euros per day. Without revealing herself, without disclosing her identity, she wrote erotic chat messages with another profile. Occasionally, she could provide a little extra to keep interest alive, send an attachment, usually her character with exposed breasts or buttocks, or with a dildo inserted into orifices, or even a sexy close-up with an overexposed nipple.

Il suo personaggio si chiamava Samantha, nome alquanto simbolico, bionda, occhi azzurri, i seni focosi, la bocca turgida come appena uscita dal freezer, in pose da vero repertorio hard. Una di queste attirava la sua attenzione, due chiappe in primo piano divise da quello che si sarebbe detto un tanga brasiliano ma che in foto poteva essere un microscopico punto incastonato in enormi meloni, come un baco che si trovasse per caso a passare nel campo e fosse stato immortalato per la grazia dei guardoni.

Samantha era una assatanata virtuale, amava tutti, si concedeva a tutti, ingoiava tutto e tutto la penetrava, anche qualche idea ogni tanto.

Her character was named Samantha, a rather symbolic name, blonde, with blue eyes, fiery breasts, and lips as plump as if they had just come out of the freezer, in poses straight from a hardcore repertoire. One of these caught her attention, with two buttocks prominently displayed, separated by what could be described as a Brazilian thong, but in the photo, it could be just a microscopic point nestled in enormous melons, like a bug that happened to pass through a field and was immortalized for the pleasure of voyeurs.

Samantha was a virtual glutton, loving everyone, giving herself to everyone, swallowing everything, and letting everything penetrate her, even an idea now and then.

Appunto l'idea di farsi invitare a orge, eventi sadomaso, da scambisti e a qualche serata per spogliarelliste.

Samantha ovviamente declinava, lasciando un alone di mistero nella scia di qualche motoscafo pronto a salpare, o bimotore in volo per oasi di pace e selfie, facendosi poi immortalare in qualche regalo esotico con il seno di fuori per farsi perdonare i clamorosi bidoni.

Samantha non poteva presentarsi a nessuno, perché era una bugia.

Una creazione virtuale per gli ingordi della vita, per i malati di solitudine, i deviati sociali, gli avidi di emozioni, gli invasati sessuali, i demoni di internet, quelli che ad ogni ora del giorno e della notte cercavano emozioni.

Indeed, the idea of being invited to orgies, sadomasochistic events, swinger parties, and even stripper nights crossed her mind. Samantha, of course, declined, leaving behind an aura of mystery in the wake of some motorboat ready to set sail or a twin-engine plane soaring towards oases of peace and selfies. She would then have herself immortalized in some exotic gift with her breasts exposed as a way to make up for the spectacular disappointments.

Samantha couldn't show up to anyone because she was a lie. A virtual creation for the gluttons of life, the lonely souls, the social misfits, the thrill-seekers, the internet demons—those who, at any hour of the day or night, sought excitement.

Samantha veniva riposta da Giovanna tra 4 ore e 53 minuti circa per essere presa in carico da un'altra dipendente e così via. Samantha non dormiva, non si nutriva, non aveva bisogni fisici, né vedeva il sole, la luna o le stelle. Mai. Samantha era la chat, sempre nella chat, insieme ovviamente a molte altre Samantha.
Ecco il primo messaggio, Enrico, 50 anni, vedovo. Carino, castano, occhi chiari, metalmeccanico. Amante del bungy.
«Ciao mia piccola eterea fanciulla, come stai stasera? Sei sola?»
«Ciao Enrico! Mi sei mancato da morire, pensavo non mi scriverà, si è dimenticato di me.

Samantha was put on hold by Giovanna for approximately 4 hours and 53 minutes before being taken over by another employee, and so on. Samantha didn't sleep, eat, or have physical needs, nor did she see the sun, the moon, or the stars. Never. Samantha was the chat, always in the chat, along with many other Samanthas, of course.
Here's the first message from Enrico, 50 years old, a widower. Handsome, brown hair, light eyes, a metalworker, and a lover of bungee jumping.
"Hello, my little ethereal maiden, how are you tonight? Are you alone?"
"Hello Enrico! I missed you so much; I thought you wouldn't write to me, that you'd forgotten about me.

Perché sai mio piccolo eroe del bungy, mi prudono i capezzoli stasera e non so spiegare il motivo, tu lo sai?»

«Tesoro se mi scrivi così, mi arrapi e non poco»

«Ma amore cosa devo fare, forse ci vorresti tu a ciucciarmeli, sai ho dei capezzoloni grandi grandi..»

STOP ERRORE, RIPETIZIONE

"Mi sono dimenticata, non si possono scrivere neanche le ripetizioni" pensò Giovanna, era la birra le dava alla testa, su forza, doveva recuperare il tempo del messaggio.

«Ma amore cosa devo fare, forse ci vorresti tu a ciucciarmeli, sai ho dei capezzoloni grandi e duri come non immagineresti»

"Because, you know, my little bungee hero, my nipples are itching tonight, and I can't explain why. Do you know?"

"Darling, if you write to me like that, it really turns me on, and quite a bit."

"But, love, what should I do? Maybe you'd like to suck on them for me. You know, I have really big, hard nipples..."
STOP ERROR, REPETITION.
"I forgot, you can't even write repetitions," Giovanna thought. It was the beer getting to her head. Come on, she had to make up for the lost time.
"But, love, what should I do? Maybe you'd like to suck on them for me. You know, I have really big, hard nipples you wouldn't even imagine."

«Oddio Sammy sei fantastica, mi arrapi per messaggio come non ha mai fatto mia moglie a letto, guardo la tua foto e sei bellissima, ti prego vediamoci»

«Enrico dai lo sai, ci vedremo un giorno ci devo pensare, ma ora ritorniamo ai miei capezzoli, cosa ci vorresti fare?»

«Qui sto spendendo un patrimonio a scriverti, i gettoni vanno via in un minuto, l'ultima volta 50 gettoni mi sono durati un pomeriggio»

«Allora usiamoli bene e scriviamo cose utili a tutti e due, come sei vestito? Sei a letto?»

Enrico scomparve.

Al suo posto comparve sullo schermo, Paolo, 55 anni, imprenditore, timido sporcaccione con l'hobby per le corse.

"Oh my God, Sammy, you're amazing. You turn me on through messages like my wife has never done in bed. I look at your photo, and you're so beautiful. Please, let's meet." "Enrico, come on, you know we'll meet someday. I need to think about it, but for now, let's get back to my nipples. What would you like to do to them?" "I'm spending a fortune writing to you here. Tokens are gone in a minute. Last time, 50 tokens lasted me an afternoon." "Then let's use them wisely and write things that benefit both of us. What are you wearing? Are you in bed?" Enrico disappeared. Replacing him on the screen was Paolo, 55 years old, an entrepreneur, a shy pervert with a passion for racing..

«E' la prima volta che scrivo. Ciao»

«Ciao Paolo, è il tuo nome? Raccontami un po' di te, chi sei, cosa fai, sei sposato? Hai figli?»

«Sì ero sposato, poi ho divorziato, no non ho figli, mi piace correre in moto e in macchina, e scoperei sempre»

«Uno da adrenalina, bravo, avevo la bicicletta io, moto e macchine sportive poche, ma se mi ci porti tu, vengo volentieri»

«Sì immagino che se ti regalassi fiori, gioielli, vestiti, verresti dovunque»

«Sì lo so, un terribile clichè o una sacrosanta verità? Le donne belle usano il corpo, è normale, per ottenere benefici, le donne meno belle, la simpatia, sempre per ottenere benefici. Chi non ne vuole? La vita è bella se vissuta serenamente»

"It's the first time I'm writing. Hello." "Hello Paolo, is that your name? Tell me a bit about yourself. Who are you, what do you do? Are you married? Do you have kids?" "Yes, I was married, then I got divorced. No, I don't have kids. I love racing on motorcycles and in cars, and I always love to have fun." "A thrill-seeker, huh? Well, I used to have a bicycle; not many motorcycles and sports cars in my life. But if you take me for a ride, I'd be happy to join." "I imagine if I gave you flowers, jewelry, clothes, you'd go anywhere."

"Yes, I know, a terrible cliché or an undeniable truth? Beautiful women use their looks, it's normal, to gain benefits. Less beautiful women use their charm, always to gain benefits. Who doesn't want that? Life is beautiful when lived happily."

«Sei simpatica sia, oltre che bella. Sei veramente così?»
«Sì naturalmente, vuoi un'altra foto di me? Potrei farmi un selfie ora, così non avresti più dubbi e ti lasceresti andare»
«Sì, voglio godere, fammela sudicia»
Giovanna entrò rapidamente nel folder, foto serali, eccone una ritraente Samantha, sul letto, a gambe spalancate, il sesso esposto, rasato, il seno gonfio sporgente ai lati del tronco con le grosse mammelle molli spioventi a destre e a sinistra. Il viso atteggiato in una smorfia languida, la bocca semiaperta, la lingua sul labbro inferiore.
Se avesse fornito questa foto, all'impavido Paolo sarebbe venuto un colpo apoplettico.
Decise di osare.

"You're nice too, as well as beautiful. Are you really like this?" "Yes, of course. Would you like another picture of me? I could take a selfie right now, so you'd have no more doubts and you could let yourself go."
"Yes, I want to enjoy. Make it dirty for me." Giovanna quickly went into her folder of evening photos. There was one of Samantha, lying on the bed with legs spread, exposing her shaved sex, her ample breasts bulging on the sides, with large, soft, drooping mammary glands hanging to the right and left. Her face was contorted into a languid expression, her mouth half-open, her tongue on her lower lip. If she provided this photo to fearless Paolo, he might have had an apoplectic fit.
She decided to take the risk.

La foto comparve nella chat.
Silenzio.
Comparve un altro cliente, Giuseppe, 23 anni, calzolaio, castano, occhi blu, con la barba e un desiderio segreto, conoscere due donne in una notte.
«Ciao mia morbida pasticcina, sei sola?»
«Sì amore mio, mi sei mancato, pensavo non mi scrivessi più, dove sei stato? Come vanno le cose? Il lavoro?»
«Bene, si sopravvive, ho voglia di te, mi sego sotto la doccia da giorni, pensando a te, diventerò cieco…»
«Mi fai ridere, giovane eroe della tua Samantha, senti amore mio, cosa vuoi immaginare stasera? Un rapporto a tre, con una mia amica?»

The photo appeared in the chat. Silence. Another customer appeared, Giuseppe, 23 years old, a cobbler, brown hair, blue eyes, with a beard and a secret desire to meet two women in one night.
"Hello, my soft pastry, are you alone?"
"Yes, my love, I missed you. I thought you wouldn't write to me anymore. Where have you been? How are things? Work?"
"Good, surviving. I long for you; I've been jerking off in the shower for days, thinking of you. I'm going blind..."

"You make me laugh, young hero of your Samantha. Listen, my love, what would you like to imagine tonight? A threesome, with one of my friends?"

«Sarebbe il top, ma ho pochi gettoni e poi mi cade il contatto sul più bello…no o ti incontro o non se ne fa nulla, ho speso troppo, ti lascio il mio numero ti prego chiamami 3517635498, oppure mi uccido!»

«Ma tesoro adorato io non posso vivere senza di te che mi fai ridere, capisci, ma non me la sento, sei più giovane, ti prego scrivi ancora»

«No mi uccido! Ecco è l'ultimo gettone, ti prego telefonami, ti amo, ti amo, ti amo»

La chat scomparve, tornò Paolo.

«Che figa! Sei una baldracca perfetta! Ma sei una prostituta o una ninfomane e ti diverti in chat? Non capisco bene ancora questo meccanismo, io compro i gettoni, anche tu lo fai?»

"It would be amazing, but I have few tokens, and then the connection drops at the best moment... No, either I meet you or it's pointless. I've spent too much. I'm leaving you my number, please call me at 3517635498, or I'll kill myself!"

"My beloved, I can't live without you making me laugh, you understand, but I can't... you're younger. Please, write to me again."

"No, I'll kill myself! This is my last token. Please call me. I love you, I love you, I love you."

The chat disappeared, and Paolo returned.

"What a pussy! You're a perfect whore! Are you a prostitute or a nymphomaniac having fun in chat? I still don't understand this mechanism well. I buy tokens; do you too?"

«Sì certo, no non sono una prostituta, sono qui per incontrare il grande amore, uno come te, conoscersi e vedere come va»

"Finirò all'inferno per tutte queste bugie" rifletteva Giovanna.

«L'amore? Ma io non cerco l'amore, non l'ho mai conosciuto e va bene così, credo sia qualcosa per i puri di cuore, o i disinvolti della vita, o per quelli che non si curano delle conseguenze delle loro scelte e vanno avanti un giorno dopo l'altro, pensando a che paio di scarpe indossare, per poi indossare sempre le stesse»

«Sei un uomo interessante, allora ti dico una piccola verità. Non sono una prostituta, anzi sono una donna per bene. Non ho un rapporto con un uomo da circa otto anni»

«Sento che dici la verità, finalmente.

Mutants in Play

"Yes, of course. No, I'm not a prostitute. I'm here to meet true love, someone like you, get to know each other, and see how it goes."

"I'll end up in hell for all these lies," Giovanna reflected. "Love? Well, I'm not looking for love. I've never known it, and that's fine by me. I think it's something for the pure of heart or the carefree in life, or for those who don't care about the consequences of their choices and just go on day by day, thinking about which pair of shoes to wear, only to end up wearing the same ones." "You're an interesting man. So, I'll tell you a little truth. I'm not a prostitute; in fact, I'm a respectable woman. I haven't been in a relationship with a man for about eight years."

"I feel like you're telling the truth, finally.

Incredibile! La foto che mi hai mandato farebbe invidia a Penthause …»
«Eppure vedi, ti sembra che sia una cosa e invece scopri che è un'altra. Sono single e ho un figlio»
«Un figlio? No così mi si ammoscia l'uccello!»
«E' grande, ha appunto otto anni, quasi»
«Ahh allora è diverso. Ti ha lasciata il marito, sei una donna che si arrangia, abbandonata da tutti?»
«Sì Paolo, è così»
ERRORE, RIPETERE INVIO, RAGGIUNGERE 75 CARATTERI
«No Paolo, era uno scherzo, ossia sì è vero ho un figlio, ma è tutto molto felice, solo cerco il grande amore per avere dei rapporti, ecco»
«Piccola…e mandi foto così?

Incredible! The photo you sent me would make Penthouse envious..."
"But you see, it seems like one thing, and then you discover it's something else. I'm single and have a son."
"A son? Well, that changes things. Has your husband left you? Are you a woman who's just getting by, abandoned by everyone?"
"Yes, Paolo, that's how it is."

"Ah, then it's different. You're a woman who's making do, abandoned by all?"

"No, Paolo, it was a joke. I do have a son, but everything is very happy. I'm just looking for true love for a physical relationship, that's all."

"Sweetie... and you send pictures like that?"

Ok non sei un bot, questo è ovvio, ma sembri un pochino strana, come ci fossero due persone in te. Quella vera e quella baldracca…non so quale preferisco, forse la baldracca»

«Sono quello che vuoi tu, Paolo, dimmi cosa ti piace ti faccio impazzire di piacere»

«Allora ti pagano per farmi scrivere e spendere, altrimenti non risponderesti così, nessuna donna è supplice e mansueta, né tantomeno ti scrive che fa quello che vuoi tu»

«Io sono Samantha, posso farti godere con le parole, immaginando il tuo uccello dentro di me, voglio godere anch'io, ne ho bisogno, ho bisogno di te»

"Okay, you're not a bot, that's obvious, but you seem a bit strange, like there are two people in you. The real one and the dirty one... I don't know which one I prefer, maybe the dirty one."

"I can be whatever you want, Paolo. Tell me what you like, and I'll drive you crazy with pleasure."

"So, they pay you to make me write and spend, otherwise you wouldn't respond like this. No woman is submissive and docile, nor would she write that she'll do whatever you want."

"I'm Samantha, I can make you enjoy with words, imagining your [explicit term] inside me. I want to enjoy too, I need it, I need you."

«Ok tanto ho già speso 50 euro, tanto vale usarle, ti voglio sopra di me, impalata fino alla gola, devi gemere come una vacca in calore»

«Sì Paolo così mi fai godere davvero, continua, e vuoi i miei seni in faccia?»

«Scusa piccola sporcacciona non sei tu che devi fare godere me?»

Un impeto innaturale colse Giovanna, quella chat era erotica e mascolina, sensuale e coinvolgente, la sua mano innaturalmente, partì alla ricerca del suo sesso, lo trovò umido e pronto, delicato e stretto, implorante.

L'indice cercò il clitoride tra i peli morbidi del pube.

«Voglio assaggiare il tuo uccello, sento che è gonfio e duro, perché sei un vero uomo, voglio sbatterti i capezzoli in bocca e che li ciucci quasi a farmi male»

"Okay I've already spent 50 euros anyway, I might as well use them, I want you on top of me, impaled up to your throat, you must moan like a cow in heat"

"Yes Paolo so you make me really enjoy, go on, and you want my breasts in your face?" "Sorry little dirty girl aren't you to make me come?" An unnatural rush seized Joan, that chat was erotic and masculine, sensual and engaging, her hand unnaturally, set off in search of her sex, she found it moist and ready, delicate and tight, begging.

His index finger sought her clitoris among the soft pubic hair. "I want to taste your cock, I can feel it's swollen and hard, because you're a real man, I want to slam your nipples in my mouth and suck them almost to the point of pain."

«Sei una vera troia, brava! Allora sappi che ti prendo e ti giro, ti voglio sotto di me, sono alto un metro e novanta, ti sovrasto interamente, sei mia»

«E cosa mi fai sotto di te? Mi penetri? Mi metti l'uccello tutto dentro?»

«Si te lo infilo fino in gola, voglio sentirti urlare, e poi sai cosa faccio? Mia piccola troia assatanata, te lo tengo fermo per bene dentro»

«Non lo aveva mai fatto nessuno di fermarsi, perché lo fai? Fa godere di più? »

«Sì, senti io qui inondo tutto, tu sei pronta?»

«Quasi, ti prego continua, ti voglio tutto, voglio che mi scrivi cosa mi fai, perché sto avendo un orgasmo fantastico ed era davvero tantissimo che non godevo»

«Non so perché ma ti credo.

"You are a real slut, good! Then know that I'm going to take you and turn you around, I want you under me, I'm six feet tall, I'm going to tower over you entirely, you're mine." "And what are you doing under me? Do you penetrate me? You put your cock all the way inside me?" "Yes I stick it all the way down your throat, I want to hear you scream, and then you know what I do? My little raging slut, I hold it firmly inside you." "No one had ever done that to stop, why do you do that? Does it make you enjoy it more? "

"Yes, listen I flood everything here, are you ready?" "Almost, please continue, I want you all over, I want you to write down what you do to me, because I am having a fantastic orgasm and it's been really a long time since I enjoyed"

"I don't know why but I believe you.

Allora sei la mia troia, io sono il tuo Dio, ti giro e ti guardo negli occhi poi ti sputo in bocca e bevo dalla mia saliva alla tua»

«Ti prego si fallo! Sputami! Mi fai godere moltissimo, la saliva che si unisce alla tua»

Giovanna sentiva che le pareti pelviche si irrigidivano, l'utero di contraeva, le dita erano salite dentro la vagina, umida e contratta, l'orgasmo stava per esplodere dentro il suo utero irrigidito.

«Ti guardo negli occhi, tolgo uccello e ti riempo di sperma»

«Oddio vengo! Vengo»

ERRORE, RIPETERE INVIO, RAGGIUNGERE 75 CARATTERI

Giovanna estrasse la mano, bagnata del suo umore. Era stupefatta.

Then you are my bitch, I am your god, I turn you around and look into your eyes then spit in your mouth and drink from my saliva to yours"

"Please yes do it! Spit on me! You make me enjoy you very much, the saliva joining with yours."

Joan felt her pelvic walls stiffening, her uterus contracting, her fingers had climbed inside her vagina, moist and contracted, her orgasm about to explode inside her stiffened uterus.

"I'm going to look into your eyes, remove cock and fill you with cum."

"Oh my God I'm going to come! I'm coming!"

ERROR, REPEAT SEND, REACH 75 CHARACTERS

Joan pulled out her hand, wet with his humor. She was stupefied.

Osservò lo schermo, doveva scrivere subito, altrimenti il sistema le avrebbe sostituito il cliente.

«Sono venuta, ti ringrazio è stata una delle esperienze più belle che io abbia mai vissuto, ti ringrazio»

ERRORE RIPETIZIONE, MESSAGGIO NON INVIATO

«Cazzo!»

La chat cambiò, Andrea, 34 anni, odontotecnico, sposato, adoro le tette grandi.

«Ciao mia bella fanciulla, come stai?»

Non ce la faceva.

Chiuse il portatile con un gesto secco, stasera vacanza. Avrebbe scritto di un guasto tecnico.

She looked at the screen, she had to write right away, otherwise the system would replace her client.

"I came, I thank you it was one of the best experiences I have ever had, I thank you."

REPETITION ERROR, MESSAGE NOT SENT

"Fuck!"

The chat changed, Andrea, 34 years old, dental technician, married, love big tits.

"Hello my beautiful maiden, how are you?"

She couldn't take it.

He closed the laptop with a dry gesture, tonight vacation. He was going to write about a technical glitch.

CAPITOLO SECONDO

«Buongiorno piccolo leprotto, hai dormito bene?»

«HII»

«Hai fatto sogni belli? Con tante leprotte?»

Marco allargò un tenero sorriso, era in piena adolescenza, il corpo, tragicamente puntuale, stava dando i primi segni della pubertà, un piccolo accenno di barba, i peli sul petto e nel pube, un odore importante.

Era ovvio che nessuna adolescente appetibile si sarebbe mai rivolta a lui, costretto in una carrozzina, mozzo nella parola, nel pensiero e nella fluidità dei gesti.

CHAPTER TWO

"Good morning, little bunny. Did you sleep well?"

"YES."

"Did you have nice dreams? With lots of bunnies?"

Marco offered a tender smile. He was in the midst of adolescence, and his body, tragically punctual, was showing the first signs of puberty: a hint of facial hair, chest and pubic hair, and a significant scent.

It was obvious that no attractive teenager would ever turn to him, confined to a wheelchair, limited in speech, thought, and the fluidity of movements.

Era meglio immaginarsi futuri disneyani di principesse e teneri animali zompettanti che alzato il velo, fossero mozze anch'esse come lui.

«Piccolino cosa vuoi per colazione? La mamma ieri non ha lavorato, era un pochino stanca, oggi deve recuperare, starai buono?»

«NOOO»

Eppure non gli mancava il senso dell'umorismo, per cui dentro un corpo informe, brutto e disfunzionale, giaceva sepolta la reincarnazione di Woody Allen.

Giovanna sorrise, aveva mentito, la sera precedente una ridda di emozioni aveva rischiato di sommergerla, un fiume straripante dalle piogge continue, in assalto del suo equilibrio emotivo.

It was better to imagine Disney-esque futures of princesses and cute hopping animals, which, when unveiled, were also amputees like him.

"Little one, what would you like for breakfast? Mommy didn't work yesterday; she was a little tired. Today, she needs to catch up. Will you be good?"

"NO."

Yet, he didn't lack a sense of humor. Buried within a deformed, ugly, and dysfunctional body lay the reincarnation of Woody Allen.

Giovanna smiled. She had lied; the previous evening, a whirlwind of emotions had almost overwhelmed her, a river overflowing from constant rains, assaulting her emotional balance.

Il desiderio di immaginare un incontro, un amore, una sessualità lontana e preclusa dalla consuetudine della vita.

Una volta, la mamma, le raccontava che le persone benestanti erano artefici della loro felicità, che gli oggetti che potevano acquisire con il denaro, erano loro stessi la felicità. Se avesse dovuto resettare il pensiero della madre, avrebbe aggiunto che il denaro era il combustibile anche per orgasmi periodici sani e liberatori.

E avrebbe potuto perdersi in mille pensieri di quanto la vita fosse stata ingiusta e crudele, eppure le veniva da riderne, non beffarda, magnanima e paziente. Per una muta accettazione dello status quo, per cui quanto è, non si cambia.

The desire to imagine a meeting, a love, a sexuality far away and precluded by the routine of life.

Once, her mother used to tell her that wealthy people were the architects of their own happiness, that the objects they could acquire with money were happiness itself. If she were to reset her mother's thinking, she would add that money was also the fuel for healthy and liberating periodic orgasms.

She could have lost herself in a thousand thoughts about how life had been unfair and cruel, yet she felt like laughing, not mocking, but magnanimous and patient. For a silent acceptance of the status quo, where what is, cannot be changed.

E' il paradigma, noi siamo dentro il nostro paradigma, cambiarlo sarebbe un convincimento continuo del nostro subconscio, una ipnosi costante, impossibile da praticare costantemente ed efficacemente. L'imprevisto sarebbe emerso sempre.

«Piccolo mio, su è ora, ho mille progetti per oggi»

Una orribile bugia, ne aveva solo uno, terribilmente egoista, ritornare nella chat e sperare che Paolo scrivesse.

«HIII AMMEE»

«Bene hai fame, giusto leprotto, devi crescere e trasformarti in un leone americano!»

Un'altra terribile bugia, Marco non si sarebbe mai trasformato in nulla, che non fosse un disabile vecchio, solo e probabilmente abbandonato dalla società.

It's the paradigm; we are inside our paradigm, changing it would require constant convincing of our subconscious, a constant and effectively impractical hypnosis. The unexpected would always emerge.

"My little one, come on, it's time. I have a thousand plans for today."

A horrible lie, she only had one, terribly selfish plan: to return to the chat and hope that Paolo would write.

"HIII MOM"
"Well, you're hungry, right, little bunny? You need to grow and transform into an American lion!"
Another terrible lie; Marco would never transform into anything other than an old, disabled man, alone, and probably abandoned by society.

Se fosse morto, forse, sarebbe stato libero. Libero di vagare in una forma inconsistente ma fluida che agilmente ne consentisse la dinamicità dei movimenti, ma come giustificare alla coscienza il desiderio della morte di un figlio?

Giovanna era troppo ancorata alla maternità, alla lucentezza dell'amore per immaginare se non fugacemente, una vita di libertà senza Marco.

Il padre se ne era andato, quella era davvero una brutta storia, riposta accuratamente in un cassetto sepolto, dentro un bunker sperduto di un epoca ancestrale del prima. Prima che Marco crescesse e pesasse quasi venti kili, prima che Giovanna decidesse di lasciare il suo lavoro di designer.

If he had died, perhaps he would have been free. Free to wander in an inconsistent but fluid form that would easily allow for dynamic movements. But how could she justify the desire for her child's death to her conscience?

Giovanna was too anchored to motherhood, to the radiance of her love, to imagine, even fleetingly, a life of freedom without Marco. His father had left; that was truly an ugly story, carefully stored in a buried drawer, inside a remote bunker from a distant era - the "before." Before Marco grew to weigh almost twenty kilos, before Giovanna decided to leave her job as a designer.

Prima che i genitori di lei morissero anziani, prima che le amicizie la dimenticassero lentamente come le flebo nel braccio, a piccole gocce.

«Ecco il latte caldo caldo con i cereali per il mio leprottino, ora ti tiro su, piccolo mio, aiutami un pochino»

«HII MAMM» Marco provò scompostamente ad alzare il braccio e portarlo sulla spalla di Giovanna, parzialmente ci riuscì, un piccolo sorriso sghembo increspò le labbra tumide, poi fece passare anche l'altro braccio e fu una quasi vittoria, perché anche se il secondo inavvertitamente colpirono la testa di Giovanna, metà dell'opera era fatta.

Before her parents grew old and passed away, before her friendships slowly forgot her like veins drying up drop by drop.

"Here's the warm milk with cereals for my little bunny. Now, let me lift you up, my little one. Help me a bit," Giovanna said.

"HI MOM," Marco awkwardly tried to raise his arm and place it on Giovanna's shoulder. He partially succeeded, and a crooked smile graced his plump lips. Then he managed to bring up his other arm, and it was a small victory, even though the second arm accidentally bumped Giovanna's head. Half the battle was won.

Giovanna ghermì l'intero busto di Marco e con un unico gesto di reni, sollevò il suo corpo e lo appoggiò sulla carrozzina accanto al letto. Il bracciolo era aperto e il corpo di Marco quasi scivolò dentro di essa, incastrandosi come il piccolo tassello di un puzzle.

Passarono in bagno e poi in cucina, dovendo muoversi con cautela, gli spazi erano ridotti all'essenziale, non c'era nulla su cui sbattere, nessuna suppellettile da rompere, nessuno stipite in cui non passare, la loro casa era uno spazio aperto, vuoto dal superfluo, comodo nella gestione.

Tutto il resto del mondo, no.

Giovanna prese il pentolino del latte caldo e ne versò il contenuto accuratamente nella tazza con i cereali al miele.

Giovanna firmly gripped Marco's entire torso and, with a single graceful movement, lifted his body and placed it in the wheelchair beside the bed. The armrest was open, and Marco's body almost slid into it, fitting like a small puzzle piece.

They went to the bathroom and then to the kitchen, moving with caution. The spaces were reduced to the essentials, with nothing to bump into, no knick-knacks to break, and no doorframe too narrow to pass through. Their home was an open, clutter-free space designed for practicality.
The rest of the world, on the other hand, was not so accommodating. Giovanna took the saucepan of warm milk and carefully poured it into the cup of honey-flavored cereals.

Poi aprì il contenuto di un vasetto, la cioccolata spalmabile bio senza zucchero, ne riempì un abbondante cucchiaio e lo immerse nel latte caldo.

«MMAAA BONNNNOO»

«Per il mio leprottino, le palline al miele con la cioccolata! Ma solo una tazza, ok?»

Diede a Marco il cucchiaio in mano, lo inserì tra il pollice e l'indice.

«Prova tu amore mio, vedrai che oggi ci riesci un pochino, io ti aiuto, riempio il cucchiaio e tu provi a portarlo alla bocca…»

«NOOO MMMAAAMMMM IIOO AMMEEEE»

«Su su piccino mio, bisogna provare ogni tanto a migliorarsi, è normale, correre un pochino più forte, poi un altro pochino, finchè non si vince la gara»

Then she opened a jar of sugar-free organic chocolate spread, scooped up a generous spoonful, and dipped it into the warm milk.

"YUMMY, MOM!" Marco exclaimed.

"For my little bunny, honey-flavored cereal balls with chocolate! But just one cup, okay?" She handed Marco the spoon, guiding it between his thumb and index finger.

"Give it a try, my love. You'll see, today you can do it a bit. I'll help you by filling the spoon, and you try to bring it to your mouth."

"NOOO, MOMMY, YOU LOVE!" Marco protested.

"Come on, my little one. We have to try to improve every now and then, it's normal. Take a few steps faster, then a few more, until you win the race."

Il contenuto del cucchiaio finì per terra, Giovanna ne raccolse dalla tazza una quantità minore, guidò per metà del tragitto la mano di Marco, che raggiunse la bocca.
«Ora aprì la tanetta, piccino, ce l'hai fatta»
«IOO AMMEE»
Marco aprì smisuratamente la bocca e Giovanna spinse lievemente la mano che ghermiva il cucchiaio verso l'orifizio. Marco masticò contento, parte dei cereali furono destinati a un bolo pendente ai lati della bocca, ma circa il 40% raggiunse lo stomaco.
«Bravo, vedi che ce la fai!» lo gratificò, eppure sapeva che era un'orribile bugia per appendersi a una speranza lontana e remota nella quale un giorno forse anche Marco avrebbe potuto cenare a un ristorante.

The spoonful ended up on the floor. Giovanna scooped up a smaller amount from the cup and guided Marco's hand halfway to his mouth until he reached it.
"Now, open wide, my little one, you did it!" Giovanna encouraged.
"I LOVE YOU, MOM!" Marco opened his mouth wide, and Giovanna gently pushed the spoon-holding hand towards his mouth. Marco chewed happily, some of the cereal ended up as a residue on the sides of his mouth, but about 40% reached his stomach.
"Well done! You see, you can do it!" she praised him, though she knew it was a terrible lie, holding onto a distant and remote hope that maybe one day, even Marco could dine at a restaurant.

Mutanti in gioco

O con una ragazza e che non sarebbe stato relegato su una carrozzina, essere scomposto, sofferente e allontanato, che non avrebbe avuto sempre necessità di un accudimento, di due braccia per spostarsi, per urinare, per dormire, anche per pensare.
Erano le dieci del mattino, a Milano, in una periferia grigia fatta di palazzi, ascensori e vicoli maleodoranti.
Erano le dieci del mattino anche per Paolo, a Zurigo, imprenditore italiano, cinquant'anni a luglio, grigio nelle tempie, parlava un tedesco fluente, un francese madrelingua e un inglese impeccabile, ma sempre con un piccolo lievissimo accento.

Mutants in Play

Or to be with a girl and not be confined to a wheelchair, not be disheveled, suffering, and distant, not always needing care, needing two arms to move, to urinate, to sleep, even to think.

It was ten in the morning, in Milan, in a gray suburb of buildings, elevators, and foul-smelling alleys.

It was also ten in the morning for Paolo, in Zurich, an Italian entrepreneur, turning fifty in July, with gray hair at his temples. He spoke fluent German, was a native French speaker, and had impeccable English, but always with a very slight accent.

Come uno strascichio dell'ultima sillaba atona nella quale impercettibilmente si rintanava subdola e claudicante la sua origine nostrana. Origine di un sobborgo improbabile e poverissimo nella provincia di Matera. Era ancora avvolto nel lenzuolo di una camera d'albergo, piano attico. La puttana che lo aveva fatto godere, era in bagno che si rivestiva, una mignotta educata, glielo aveva ciucciato per bene, con devozione.
Si stiracchiò, aveva bisogno di nuova birra per alzarsi.
Nudo si avvicinò al portafoglio nei pantaloni buttati per terra. Buttò l'occhio sulla sua nudità, le gambe lunghe, il sesso penzolante, gli veniva da ridere, gli uomini nudi a differenza delle donne, erano ridicoli.

Like the lingering echo of the last unstressed syllable in which, imperceptibly, his native origin nestled slyly and limpingly. The origin of an unlikely and very poor suburb in the province of Matera. He was still wrapped in the sheet of a penthouse hotel room. The prostitute who had made him climax was in the bathroom getting dressed, a polite whore who had sucked him off properly, with devotion.

He stretched, needing a new beer to get up. Naked, he approached the wallet in his pants thrown on the floor. He glanced at his nakedness, his long legs, his dangling penis, and it made him laugh; unlike women, naked men were ridiculous.

Potevano gonfiarsi i muscoli, rassodare le natiche, imbottirsi di prodotti nutra, ma rimanevano ridicoli come dei lunghi rettangoli con una base stretta e un'altezza sproporzionata con al centro un timone moscio.

Estrasse dal portafoglio prima una serie di banconote che appoggiò sulla scrivania per la bagascia, poi un piccolo involucro di carta velina.

Lo aprì accuratamente, ne riversò il contenuto polveroso, bianco brillante sul comodino, con la destra, tra il pollice e l'indice afferrava leggiadro la sua carta di credito American Express Gold, nera come la BMW, come gli smoking, come il successo, per l'esattezza nera opaca, come l'uniforme di Batman, il suo personaggio preferito.

Muscles could be pumped up, buttocks could be toned, they could stuff themselves with nutritional products, but they remained as ridiculous as long rectangles with a narrow base and disproportionate height, with a limp rudder in the center.

He pulled out from his wallet, first a series of banknotes that he placed on the desk for the hooker, then a small tissue-wrapped package. He carefully opened it, pouring the shiny white powdery contents onto the nightstand with his right hand, between his thumb and index finger, he delicately grasped his American Express Gold credit card, black like his BMW, like his tuxedos, like success - matte black, to be precise, like Batman's uniform, his favorite character.

Allegramente setacciò e divise la polvere bianca sul comodino, ne compose due parallele come le parallele di una ginnasta, di quelle puttane asettiche, ossute, senta tette, senza natiche, nervose per gli steroidi che ingerivano come la pillola.
Si tappò la narice destra, abbassandosi, e con un unico fluido gesto aspirò tutta la prima parallela. Poi l'altra.
Sollevò il capo di getto, la botta era potente.
Era costata parecchio ma ne valeva la pena, purissima.
Il sangue iniziò a pulsargli violentemente nelle vene, lo sentiva chiaramente dai polsi, le pupille si dilatarono, i peli degli avambracci si rizzarono come soldatini.
«I have to go, I have another job coming up»

He cheerfully sifted and divided the white powder on the nightstand, creating two lines like the parallel bars of a gymnast, like those aseptic, bony, fake-breasted, no-butt hookers, all wired from the steroids they ingested like candy.

He blocked his right nostril and, bending down, with one smooth motion, he snorted all of the first line. Then the other.
He raised his head sharply, the rush was intense.
It had cost him a lot, but it was worth it, purest quality.

Blood began to pulse violently in his veins; he could feel it clearly in his wrists. His pupils dilated, the hairs on his forearms stood on end like soldiers.

"I have to go, I have another job coming up."

Era la puttana, bionda, eterea, due mammelle gonfie che sballonzolavano allegre dentro un vestito aderente rosso con una profonda scollatura a V.

Voleva premiarla, era stata una bella notte, con lei, un quasi amore, si erano persino baciati, con la lingua, lungamente, e abbracciati con dolcezza dopo il suo orgasmo.

«You want some cocaine, it's good for you! For the new job...»

Lei scosse la testa, ridendo. Aveva una dentatura candida, due occhi brillanti, un naso piccolo e delicato che sporgeva all'insù, impertinente.

Lo baciò a fior di labbra, prese i soldi dal comodino e li ripose nella borsetta di Louis Vuitton.

«It was beautiful, my love, I hope you will call me again...»

Che troia, questo è marketing serio!
«Yes of course, hello pretty girl»
Non l'avrebbe chiamata mai più, le donne anche se delicate come piume, diventavano detestabili nel momento stesso in cui chiedevano, ambivano, desideravano. L'atto stesso del pensiero in una donna era deprecabile. Il suo ruolo era accettare il membro in ogni orifizio e tacere.
Si diresse in bagno, urinò come le femmine, aprì la doccia e vi si buttò dentro.
Dopo pochi minuti apriva il pc.
La schermata era ancora aperta, rifece il login.
Gli occhi azzurri di Samantha riapparvero ammiccanti sullo schermo.

What a whore, this is serious marketing!

"Yes, of course, hello pretty girl."

He would never call her again. Women, even as delicate as feathers, became detestable the moment they asked, aspired, or desired. The mere act of thinking in a woman was deplorable. Her role was to accept the member in every orifice and remain silent.

He headed to the bathroom, urinated like females, opened the shower, and jumped in. After a few minutes, he returned to his computer. The screen was still open. He logged back in.
Samantha's blue eyes reappeared flirtatiously on the screen.

Le due grosse tette strabordanti, le labbra invitanti, uno stereotipo di donna, gonfia, avviluppante, probabilmente finta ma arrapante come la cioccolata per un bambino.
«Sei lì? Sei in chat? Sono Paolo»

The two big, overflowing boobs, the inviting lips, a stereotypical woman, swollen, enveloping, probably fake but as horny as chocolate to a child.
"Are you there? Are you in the chat room? It's Paolo."

CAPITOLO TERZO

«Ciao Paolo come va? Ti sono mancata?»

«Samantha, mi sei mancata» ancora esaltato dalla cocaina si lasciò andare a una piccola osservazione.

«Ho appena salutato una prostituta…non so quanto mi posso lasciare andare con te…posso confidarmi?»

Giovanna si accomodò meglio sulla poltrona. Un serpentino nervosismo la colse. Desiderava le confidenza di questo uomo egocentrico? O non le desiderava…

Scrisse rapidamente i suoi 75 caratteri, un misto di verità e fantasia, di opportunità e seduzione.

CHAPTER THREE

"Hello Paolo, how are you? Did you miss me?"

"Samantha, I missed you," he replied, still feeling the effects of the cocaine. He then opened up about his recent encounter with a prostitute and expressed uncertainty about sharing with her. "I just said goodbye to a prostitute... I'm not sure how much I can open up with you... Can I confide in you?"

Giovanna settled into her chair, feeling a subtle nervousness. Did she desire the confessions of this egocentric man? Or did she not desire them at all? She quickly typed her 75 characters, a mix of truth and fantasy, opportunity and seduction.

«Sì tesoro, ti ho aspettato da ieri, non vedo l'ora di ascoltare cosa mi vuoi confidare»
Paolo si sdraiò di nuovo sul letto, aggiustandosi i cuscini, era ancora nudo. Un principio di molle erezione lo accompagnava fraterno.
«Vorrei raccontarti delle mie esperienze, ho appena salutato una puttana, mi è piaciuta…se possibile vorrei raccontarti come mi sono divertito con lei»

«No sinceramente, in genere mi scrivono per dirmi cosa mi vorrebbero fare, non confidandomi cosa hanno fatto alle altre»
«Potrebbe essere un modo per eccitarmi con te, lei era esperta ma fingeva e me sono accorto»
Giovanna era seccata.
«Ma.. non voglio leggere le tue scopate»

"Yes, sweetheart, I've been waiting for you since yesterday. I can't wait to hear what you want to confide in me," Samantha replied. Paolo lay back on the bed, adjusting the pillows. He was still naked, and a faint erection was accompanying him like an old friend. "I would like to tell you about my experiences. I just said goodbye to a prostitute, and I enjoyed it... if possible, I'd like to share with you how I had fun with her."
Giovanna was annoyed.
"Honestly, most people usually write to me to tell me what they'd like to do to me, not to confide in me about what they've done with others."
"It could be a way to excite myself with you. She was experienced but pretended, and I realized," Paolo explained.
Giovanna was frustrated.
"But... I don't want to read about your sexual encounters."

ERRORE, RIPETERE INVIO, RAGGIUNGERE 75 CARATTERI

«Mi vuoi propinare? Paolo, scusa mi stai scrivendo che ti sbattevi un'altra e pensavi a me? No credo di no, allora perché mi scrivi queste cose, non mi interessano»

«Pensavo a te, sì, da quando ho letto le tue parole, penso a te»

Giovanna era frastornata, quest'uomo in chat sembrava un matto, però c'era qualcosa nei suoi scritti, qualcosa di arrabbiato e potente, di virile e inebriante. Non era il sesso, era la potenza, l'azione. Quest'uomo sapeva di poter ottenere i suoi desideri, con la forza anche. Sapeva di essere virile. Di essere uomo.

Eppure poteva anche interpretare sé stesso con dolce malinconia.

ERROR, REPEAT SUBMIT, REACH 75 CHARACTERS

"Are you trying to impress me? Paolo, excuse me, are you writing to tell me that you were with someone else and thinking of me? I don't think so, so why are you writing me these things? I'm not interested," Giovanna replied. "I've been thinking of you, yes, ever since I read your words, I've been thinking of you," Paolo responded.

Giovanna was bewildered. This man in the chat seemed like a madman, but there was something in his writings, something angry and powerful, virile and intoxicating. It wasn't about sex; it was about power, action. This man knew he could get his desires, even through force. He knew he was virile. He knew he was a man. Yet, he could also portray himself with gentle melancholy.

«Che tristezza»

«Cosa non ti seguo, sembri andare a mille e io perdo dei pezzi nel frattempo, che tristezza cosa?»

«Che tristezza le persone per bene, che non farebbero quello che facciamo io e te»

«Io e te per ora non facciamo nulla, scriviamo in una chat delle parole, anzi tu scrivi e io leggo»

«Hai ragione, sono un accentratore. Non vorrei sai, ma mi sono profondamente convinto che il mondo è per i duri, quelli che non ci pensano troppo, in Italia, si dice che hanno il pelo sullo stomaco, che sono senza rimorsi»

«E tu vuoi essere così? E perché mai? Avere una coscienza, costruire dei dialoghi e non dei monologhi, è un risultato per pochi. Forse in quel modo saresti un vero re, per scriverla a tuo modo…»

"What a sadness." "I'm sorry, I seem to be all over the place, and I lose pieces in the meantime. What sadness? What do you mean?"

"The sadness of the righteous people, those who wouldn't do what you and I are doing."

"Well, for now, you and I aren't doing anything. We're just writing in a chat, or rather, you're writing, and I'm reading."

"You're right; I tend to be intense. I wouldn't want to, but I'm deeply convinced that the world is for the tough ones, those who don't overthink things. In Italy, they say they have a strong stomach and no remorse."

"Do you want to be like that? And why? Having a conscience, building dialogues instead of monologues, that's an achievement for a few. Maybe that way, you would be a true king, in your own words..."

«Mi consideri uno scemo, vero? Che scopa nelle chat con donne che forse sono come si presentano in foto ma che molto probabilmente sono tutt'altro, mosce, insipide, scialbe»

«Ti sembro scialba? Ti sembro moscia? Ti sembro insipida?»

«No no tu no. Tu sei in un modo ingenuo e delirante, perfetta»

«Perfetta… sì sarò perfetta per te, nella chat, ti accontenterò sempre, sarò il tuo sogno segreto, il tuo impulso del mattino, la tua oasi di refrigerio della sera, mi confiderai tutto, io ti capirò»

«Sembra uno spot pubblicitario…»

Giovanna rise tra sé, quest'uomo non era lo zimbello nostrano da abbindolare, era sobrio, affascinante e potente.

"Do you think I'm a fool, don't you? Chatting with women who are probably nothing like they present themselves in photos, dull, flavorless, insipid."

"Do I seem dull to you? Do I seem listless to you? Do I seem flavorless to you?"

"No, no, not you. You're naively and deliriously perfect."

"Perfect... yes, I'll be perfect for you in the chat. I'll always satisfy you, be your secret dream, your morning impulse, your evening sanctuary. You'll confide everything in me, and I'll understand you."

"It sounds like an advertisement..."

Giovanna chuckled to herself. This man wasn't the typical local pushover to be fooled. He was sober, charming, and powerful.

«Sai, riflettevo, da come mi hai scritto sembra che tu non abbia mai fatto all'amore»

«No ho scopato molto, scopato, sbattuto, ingroppato ecc ecc »

«Appunto, quello ti manca, ti auguro di farlo presto. Sembri un uomo che corre a mille, su una macchina con molta cavalleria, corre e parla veloce, pensa e parla veloce, agisce, parla e pensa veloce. Ma mai con il cuore»

«Vero» Paolo sorrideva, aggiunse.

«Cosa vedi in me, credo che leggere le persone, permetta di immaginarle meglio e più dettagliatamente. Anzi anche più verosimilmente»

«Cosa vedo in te? Semplice. Sei un uomo che parla e scrive velocemente.

"You know, I was thinking, from the way you've written to me, it seems like you've never made love."

"No, I've screwed a lot, screwed, banged, humped, etc., etc."

"Exactly, that's what you're missing. I wish for you to do it soon. You seem like a man who races at a thousand miles per hour, on a high-horsepower machine, running and speaking fast, thinking and speaking fast, acting, speaking, and thinking fast. But never with the heart."

"True," Paolo smiled and added, "What do you see in me? I think reading people allows you to imagine them better and more detailedly. Actually, even more believably."

"What do I see in you? Simple. You're a man who talks and writes quickly.

Sei adrenalinico e convulso, solo, probabilmente. Fai affari spesso, sei abituato a primeggiare ma questo ti procura ansia. E' come se andassi veloce per scoprire a che punto del capitolo della tua vita, puoi essere davvero tu. Stai vivendo tutti i precedenti capitoli con la rapida ingordigia di chi vive una vita non sua, affittata dal destino»

«Sì forse sono quest'uomo di cui stai scrivendo. Vivo alle volte una discontinua opacità, una delirante idiosincrasia su tutto. Tutti. Nessuno escluso. O forse adesso escluso te. Mi capisci tu?»

«No. Ci provo. Sei delle parole una dietro all'altra. Dei caratteri che si rotolano velocemente e dovrebbero rappresentarti. Vedo una foto, due occhi, un naso una bocca. Sei tu?»

You're adrenaline-fueled and convulsive, probably lonely. You do business often, you're used to being on top, but this gives you anxiety. It's as if you're going fast to find out at what point in the chapter of your life you can truly be yourself. You're living all the previous chapters with the rapid greed of someone living a life that isn't theirs, rented by fate."

"Yes, maybe I am the man you're writing about. Sometimes I live with a discontinuous opacity, a delirious idiosyncrasy about everything. Everyone. No one excluded. Or maybe now, except for you. Do you understand me?"

"No. I'm trying. You're words, one after the other. Characters that roll quickly and should represent you. I see a photo, two eyes, a nose, a mouth. Is that you?"

«No. E' una foto fasulla. Però mi chiamo Paolo»

«Ok, anni? Sei sposato? Hai figli? Dove vivi? Non sei in Italia vero? Lo hai fatto capire prima»

«50 anni, sposato malamente, vivo in parte a Zurigo, in parte a Milano, no figli. Tiro di coca spesso, mi faccio troie in continuazione, scrivo in molte chat. Ma non ho mai scritto così»

«Credo di sentirmi lusingata, vuoi sapere di me? Vuoi che ti scriva delle mie tette o del mio culo?»

«No. Non sei tu nella foto, vero? E' impossibile. Ti chiami Samantha?»

«Non posso dirti questo, ora. Facciamo un gioco e saprai il mio nome»

«Ti pagano vero? Questa cosa di comprare i gettoni, 50 gettoni, 50 messaggi, 50 franchi»

"No. It's a fake photo. But my name is Paolo."

"Okay, how old are you? Are you married? Do you have children? Where do you live? You're not in Italy, are you? You hinted at it earlier."

"I'm 50 years old, unhappily married, I live partly in Zurich, partly in Milan, no children. I do coke often, I fuck whores all the time, I write in many chats. But I've never written like this."

"I think I feel flattered. Do you want to know about me? Do you want me to write about my tits or my ass?"

"No. It's not you in the photo, right? It's impossible. Is your name Samantha?"

"I can't tell you that right now. Let's play a game, and you'll know my name."

"They pay you, right? This thing about buying tokens, 50 tokens, 50 messages, 50 francs?"

«Non posso dirti neanche questo. Ma sappi che anch'io sto bene con te»

«Ok ti capisco sai: ti pagano, non sei figa come in foto e per te è un lavoro, col cazzo che ti chiami Samantha. Ma magari hai anche un nome bello»

«Il gioco consiste nel dire no per sì e sì per no. Ci stai?»

«Ci sto, certo. Mi intrighi e l'effetto della coca sta svanendo quindi devo sostituirlo subito con una sega»

«Non mi va stasera, non ti penso mai, non sono sicura che tu mi piaccia»

«Anch'io non vado pazzo per te, non mi piacciono le tette piccole, non ho l'uccello grosso»

«Ecco vedi stai capendo! Allora ti faccio la prima domanda?»

«No»

"I can't tell you that either. But know that I'm fine with you."

"Okay, I understand. You get paid, you're not as hot as in the photo, and it's a job for you. No way your name is Samantha. But maybe you have a nice name."

"The game is about saying no for yes and yes for no. Are you in?"

"I'm in, of course. You intrigue me, and the effect of the coke is wearing off, so I need to replace it with a wank."

"I don't feel like it tonight, I never think of you, I'm not sure if I like you."

"I'm not crazy about you either, I don't like small tits, and I don't have a big dick."

"See, you're getting it! So, I'll ask the first question?"

"No."

Giovanna rise, che uomo veloce, ardente come le braci di un camino attizzato.

«Non voglio prendertelo in bocca, mi chiamo Samantha»

«Ok, non mi piacciono le donne basse»

«Io non sono bassa, non sono quasi un metro e sessanta»

«Non ho voglia adesso di te, qui sopra al mio uccello»

«Non sei vorace…consumi come una candela accesa»

«Non sono vorace di te, non hai un bel culo, vero?»

«Non ce l'ho, anzi è l'unica cosa che non ho!»

«Basta io credo che tu sia una donna bellissima! Non me ne frega se hai tette o culo o cos'hai, parlami di me, dimmi come sono, impersona la mia bussola. Ho bisogno delle tua parole»

Giovanna chuckled, what a fast and fiery man, like the embers of a stoked fireplace.

"I don't want to take you in my mouth, my name is Samantha."

"Okay, I don't like short women."

"I'm not short, I'm not even five feet and three inches."

"I'm not in the mood for you now, on top of my dick."

"You're not voracious... You burn like a candle."

"I'm not voracious for you. You don't have a nice ass, do you?"

"I don't have one. In fact, it's the only thing I don't have!"

"Enough. I believe you're a beautiful woman! I don't care if you have tits or an ass or what you have. Talk to me about myself, tell me how I am, be my compass. I need your words."

«Non mi chiamo Giovanna, non ho figli, non guadagno da questa chat»
«Ok tutto chiaro nongiovanna, gli algoritmi così ti leggono ma non comprendono»
«Già omone mio, sei un razzo davvero, secondo me hai anche un uccellone bello grosso»
«Forse, forse…»
«Cosa vuoi? Un pompino? Vuoi prendermi da dietro?»
«Tu cosa vuoi? L'amore? La sicurezza economica? Un uomo che ti stringa di notte e ti dica che ti ama?»
Giovanna rilesse le parole scritte.
Esitò.
A quell'uomo doveva scrivere la verità.
«Paolo, no, ora non sto giocando.

"I'm not named Giovanna, I don't have children, I don't earn from this chat."

"Okay, clear enough, non-Giovanna. This way, the algorithms read you but don't understand."

"You're really fast, my man, I think you also have a nice big cock."

"Maybe, maybe..."

"What do you want? A blowjob? Do you want to take me from behind?"
"What do you want? Love? Financial security? A man to hold you at night and tell you he loves you?"
Giovanna reread the words she had written. She hesitated. With this man, she had to write the truth.

"Paolo, no, I'm not playing now.

Vorrei un uomo che mi ami, ma una parte di me è talmente abituata a non averlo, a soffrire, a patire, a scongiurare un cambiamento serio e durevole, che no, non voglio un uomo che entri nella mia vita, perché non saprei come accettare la nuova realtà. Per cui preferisco restare così, piuttosto che vivere una nuova me»

«Sono io quello che compra l'amore perché convinto che non esista, non tu»

«Eppure…siamo qui entrambi per motivazioni diverse, ma entrambi dentro a paradigmi inoppugnabili»

L'orrore dell'ultima affermazione, gelò Paolo. Sospese la chat.

L'effetto della coca era svanito.

Alzò il telefono e chiese: «Mandatemi su una signorina»

"I would like a man to love me, but a part of me is so accustomed to not having it, to suffering, to enduring, to avoiding a serious and lasting change, that no, I don't want a man to enter my life, because I wouldn't know how to accept the new reality. So I prefer to stay like this, rather than live a new me."

"I'm the one who buys love because I'm convinced it doesn't exist, not you."

"Yet... we're both here for different reasons, but both trapped within inescapable paradigms."

The horror of the last statement froze Paolo. He ended the chat.

The effect of the cocaine had worn off.

He picked up the phone and said, "Send me a lady."

"Mi sento solo ed ho bisogno di compagnia"

Aveva chiesto la compagnia di una puttana, per uccidere il tarlo che inconsciamente gli si era ficcato in testa.

Lui aveva pagato 50 euro in gettoni per divertirsi in chat come fanno tutti e poi dimenticare, andare al bar, farsi un bicchiere, e poi continuare a vivere nel suo cinismo, il suo atteggiamento di ostentata indifferenza e disprezzo nei confronti delle emozioni personali.

Dopo che ebbe finito di pagare i suoi attimi di astratta gloria, tutto era tornato come prima; anzi peggio di prima, perché spinto da un impulso inarrestabile dovette alzarsi, farsi una doccia per cancellare, asciugarsi per gettare via con l'accappatoio anche quello che aveva appena fatto.

"I feel lonely and need some company."

He had asked for the company of a prostitute to kill the nagging feeling that had unconsciously taken root in his mind. He had paid 50 euros in tokens to have some fun in the chat like everyone else and then forget it, go to the bar, have a drink, and continue living in his cynicism, his attitude of feigned indifference and contempt for personal emotions.

After he had finished paying for his moments of abstract glory, everything had returned to how it was before, or worse than before, because driven by an unstoppable impulse, he had to get up, take a shower to wash it away, dry off to discard what he had just done with the bathrobe.

E tornare in sala ad attaccarsi al pc portatile.

Avidamente come pochi attimi fa, stringeva dai fianchi la puttana e la possedeva, con la stessa forza, stringeva il portatile tra le mani, come se volesse possedere lei.

In preda a mille emozioni che fino a pochi momenti prima ignorava potesse provare.

«Devo conoscerti; per favore»

«Non me la sento, è troppo presto. Non sono pronta»

«Posso scriverti ancora?»

«Ora vado a dormire, sono stanca, è tardi. Domani»

«Io voglio te, solo te. Dimmi come sono, ti prego. Dimmelo tu»

«Sei un maschio rozzo, egocentrico. Pensi rapidamente, mangi le parole che formuli perché la cocaina ti fa girare due giri in più degli altri»

And he returned to the living room to attach himself to the laptop. Just as eagerly as a few moments ago, he held the prostitute by her hips and possessed her, with the same force, he held the laptop in his hands as if he wanted to possess her.

He was overwhelmed by a thousand emotions that until a few moments ago, he had no idea he could feel.

"I need to get to know you; please," he pleaded.

"I'm not up for it; it's too soon. I'm not ready," she replied.

"Can I write to you again?"

"I'm going to bed now, I'm tired, it's late. Tomorrow."

"I want you, only you. Tell me what I'm like, please. You tell me."

"You're a rough male, egocentric. You think quickly, you devour the words you form because cocaine makes you spin two laps more than others."

«Voglio stare con te»
«Non è possibile. Ora vai a
letto, e dormi. Domani
vedremo»
E chiuse la chat. Sarebbe
stata ammonita.
Per la seconda volta.

"I want to be with you."

*"It's not possible. Now go
to bed and sleep. We'll see
tomorrow."*

*And she closed the chat.
She would be warned
again. For the second time.*

CAPITOLO QUARTO

CHAPTER FOUR

Giovanna allontanò le coperte con forza, era ancora infastidita dalla sera precedente, quelle chat le entravano dentro, le modificavano il pensiero, la sensazione di depravazione, vuoto e fatica le permeavano il cervello per l'intera giornata.

Uomini soli, alla ricerca di qualcosa, di soldi, di emozioni, di compagnia, forse di sé stessi, e cosa poteva farsene di un uomo così…

E il romanzo che poteva scrivere con un uomo del genere sarebbe stato scialbo e ripetitivo, un'unica enfasi logorroica dedicata a LUI solo.

Marco dormiva ancora, la casa era silenziosa.

Giovanna pushed the covers away forcefully. She was still disturbed by the previous evening. Those chat conversations got inside her, altered her thoughts, and left her with a sense of depravity, emptiness, and exhaustion throughout the day.

Lonely men, searching for something—money, emotions, companionship, perhaps themselves. And what could she do with a man like that?

And the novel she could write with such a man would be bland and repetitive, a single verbose emphasis on HIM alone.

Marco was still asleep, and the house was quiet.

Accese lo schermo del telefono, le notifiche iniziarono a vibrarle sl palmo della mano.

Svariati messaggi notturni da parte del servizio trasporti con conducente per cui sporadicamente a week end altern, copriva turni in caso di emergenza.

Aprì il primo allert.

"Quattro giorni in viaggio con cliente per Toscana e Umbria. Cliente straniero. Inizio servizio ore 18.00 mercoledì 30 maggio. Fine servizio ore 18.00, 3 giugno. Appuntamento rendez vous Grand Hotel Orvieto. Segue indirizzo. Confermare"

Decise. Nella quiete della mattina le decisioni sanno di buono.

Mutants in Play

She turned on her phone screen, and notifications began to vibrate in the palm of her hand. Several late-night messages from the chauffeur service she occasionally worked for on alternate weekends, covering shifts in case of emergencies.

She opened the first alert. "Four days on a trip with a foreign client to Tuscany and Umbria. Service starts at 6:00 PM on Wednesday, May 30th. Ends at 6:00 PM on June 3rd. Meeting point at Grand Hotel Orvieto. Address follows. Please confirm."

She made her decision. In the quiet of the morning, decisions often feel right.

Aprì il computer e selezionò la email del sito di incontri, la sua referente era una svizzera molto precisa ma decisamente urbana.

Scrisse rapidamente.

«Ciao Elaine, mi dispiace ho un imprevisto per i prossimi quattro giorni. Invierò giustificazione per email, coprimi i turni, per favore»

Inviò.

Poi prese il telefono, compose il numero di sua madre.

«Ciao»

«Tesoro cosa accade? Non mi chiami mai»

«Ho bisogno di te»

«Marco?»

«Tutto bene, tutto bene, grazie»

«Allora cosa c'è»

«Vorrei prendere un po' d'aria, ti prego, non ti ho chiesto mai nulla, quattro giorni.

She opened her computer and selected the email from the dating site; her contact there was a very precise yet decidedly urban Swiss woman. She quickly typed a message.

"Hi Elaine, I'm sorry, but I have an unexpected situation for the next four days. I'll send a justification via email. Please cover my shifts, if possible."

She sent the message.

Then she picked up her phone and dialed her mother's number.

"Hello."

"Darling, what's going on? You never call me."

"I need you."

"Is it Marco?"

"He's fine, he's fine, thank you." "So what's going on?" "I'd like to get some fresh air, please. I've never asked you for anything. Four days."

Ho un servizio con conducente, Toscana e Umbria, tutto pagato. Vorrei andare, ho una buona fiches»

«Non ti stanchi? Quattro giorni in macchina con degli sconosciuti, poi rientri e scrivi in quella chat volgare. Sono preoccupata per te, troviamo una soluzione, magari esiste già, va solo vista»

«Sì, aiutami, non ti ho mai chiesto nulla, però davvero, sento che soffoco, non sopporto più la chat, sempre le stesse volgarità, con questi uomini sconci e ignoranti. Mi paganno 10 centesimi a messaggio, 240 euro a settimana, a malapena uno stipendio. Questi quattro giorni invece sono ben retribuita e intanto posso prendere un po' d'aria...mi farà bene»

"I have a chauffeur service, Tuscany and Umbria, all expenses paid. I'd like to go, I have a good stack of chips."

"Don't you get tired? Four days in a car with strangers, then you come back and write in that vulgar chat. I'm worried about you. Let's find a solution; maybe one already exists, it just needs to be seen."

"Yes, help me. I've never asked you for anything, but really, I feel like I'm suffocating. I can't stand the chat anymore, always the same vulgarity with these dirty and ignorant men. They pay me 10 cents per message, 240 euros a week, barely a salary. These four days, on the other hand, are well-paid, and in the meantime, I can get some fresh air... it will do me good."

«Ok, sì certo, vengo io lì da te, per Marco, così non lo scombussoliamo»
«Sì ovvio, certo»
«Ok tesoro»
«Davvero?»
«Sì certo, voglio bene a Marco, me ne prendo cura io, non ti preoccupare, chiamerai la sera o quando potrai»
«E vi porterò un regalo bellissimo»
Sentì ridere la madre.
«Sono vecchia, speriamo che Marco collabori»
«Sarà facile…vedrai»
«Grazie» aggiunse e riappese velocemente per suggellare l'accordo preso.
Osservò la stanza femminile, recuperò la valigia e vi ripose vari cambi per quattro giorni. E naturalmente la divisa blu da conducente.

"Okay, yes, of course, I'll come over to you, for Marco, so we don't disrupt him."
"Yes, obviously, of course."
"Okay, honey."
"Really?"
"Yes, of course. I love Marco, I'll take care of him, don't worry. You'll call in the evening or when you can."
"And I'll bring you a beautiful gift."
She heard her mother laugh.
"I'm old; let's hope Marco cooperates."
"It'll be easy... you'll see."
"Thank you," she added and hung up quickly to seal the agreement. She looked at the feminine room, retrieved her suitcase, and packed several outfits for four days. And, of course, her chauffeur's blue uniform.

Dopo pranzo stava ritirando la macchina, una Bentley Gran Turismo nera lucente, con gli interni in pelle color tabacco.

La carta di credito aziendale per gli approvvigionamenti e il cartellino identificativo dell'azienda.

Si mise in strada senza difficoltà, il cambio automatico era rilassante e funzionale, la vettura comodissima e silenziosa. Accese l'autoradio e un jazz melodico si diffuse nell'abitacolo.

Il suo team le aveva lasciato qualche nota sul cliente, poche informazioni. Inglese, taciturno, adora la musica classica. Intrattenere una conversazione garbata, parla italiano correttamente. E l'itinerario.

After lunch, she was picking up the car, a sleek black Bentley Gran Turismo with tobacco-colored leather interiors. She had the company credit card for expenses and the company ID badge.

She hit the road without difficulty. The automatic transmission was relaxing and functional, and the car was extremely comfortable and quiet. She turned on the radio, and melodic jazz filled the cabin.

Her team had left her some notes about the client, but there were only a few pieces of information: English, taciturn, loves classical music, enjoys polite conversation, and speaks Italian fluently. They also provided her with the itinerary.

Tra i vigneti del Chianti e le chiese umbre, Todi, Spoleto, San Gimignano, avrebbero alloggiato in resort poco appariscenti ma totalmente immersi nel folclore locale.

Erano le 17 meno qualche minuto, vedeva il cartello autostradale di Orvieto avvicinarsi.

Si sistemò meccanicamente il caschetto biondo.

Chiuse l'aria condizionata e abbassò i finistreni, l'aria calda invase prepotente l'abitacolo. I capelli volarono in ciocche scomposte.

Abbassò la velocità, entrò dal casello del Telepass e in pochi minuti attraversava la strada provinciale per Orvieto fatta di tornanti sempre più stretti. Era impossibile sopraggiungere fino all'albergo, nel centro della città.

Among the Chianti vineyards and Umbrian churches, in places like Todi, Spoleto, and San Gimignano, they would be staying at unassuming resorts deeply rooted in the local culture.

It was almost 5 PM, and she could see the highway sign for Orvieto getting closer. She mechanically adjusted her blonde helmet of hair, turned off the air conditioning, and rolled down the windows. The hot air quickly filled the cabin, tousling her hair.

She slowed down, entered the Telepass lane, and in a few minutes, she was driving on the winding provincial road to Orvieto, which became narrower with each curve. It was impossible to drive all the way to the hotel in the city center.

Si doveva accontentare del parcheggio adiacente la funivia. Parcheggiò. Prese il suo piccolo bagaglio a mano e comprò il biglietto per accedere alla Piazza del Duomo di Orvieto, l'hotel era a pochi passi.

Forse le Converse non erano molto femminili, ma decisamente funzionali sui ciotoli del pavè umbro. Si tolse la giacca e arrotolò le maniche della camicia bianca, slacciando qualche bottone per respirare. Seppur sul calar della sera, l'aria afosa trasudava il caldo della giornata.

«Salve, sono l'autista, mi attende Mister Holliday»

«Ottimo, credo attenda nella hall, la stanza è già libera»

She had to settle for parking next to the funicular. She parked the car, took her small carry-on bag, and bought a ticket to access the Piazza del Duomo in Orvieto; the hotel was just a few steps away. Perhaps Converse shoes weren't very feminine, but they were certainly functional on the cobblestone streets of Umbria. She took off her jacket, rolled up the sleeves of her white shirt, and unbuttoned a few buttons to cool off. Even though it was getting late, the sultry air still radiated the heat of the day.

"Hello, I'm the driver; Mr. Holliday is expecting me."

"Excellent, I believe he's waiting in the lobby; the room is already available."

Il ragazzo era incredibilmente rosso di capelli, lentigginoso, imberbe e con un che di puerile, premette qualche tasto a caso, alzò il ricevitore di un apparecchio telefonico per comunicare qualche notizia e posandolo, finalmente guardò Giovanna, mettendola a fuoco.
«Mister Holliday è seduto al bar dell'Hotel, in fondo a destra»
Pronunciò quella semplice frase come avesse detto: «MayDay MayDay fuoco su Pearl Harbour, mettevi in salvo!»
Ricomponendosi, abbassò il capo rosso fuoco e si rimise a controllare schemi complessi di assegnazione di stanze, a clienti facoltosi.
«Ok, grazie»

The young man had incredibly red hair, freckles, a clean-shaven face, and a somewhat boyish look. He pressed a few random buttons, picked up the receiver of a telephone to convey some information, and then finally looked at Giovanna, bringing her into focus.

"Mister Holliday is sitting at the hotel bar, at the far right," he said that simple sentence as if he had said, "MayDay MayDay fire on Pearl Harbor, take cover!" After recomposing himself, he lowered his fiery red head and went back to checking complex room assignments for affluent guests.

"Okay, thank you," Giovanna replied.

Giovanna abbassò lo sguardo alla sua borsa ingombrante dell'Adidas, adibita a contenitore di due jeans, tre magliette, due camicie bianche, uno spazzolino, un dentifricio e tre mutandine. La sollevò, nascondendola quasi alla vista, immaginò contenesse contanti, ordinati in fascette, 500 euro da 50, divise ordinatamente e sommati gli uni agli altri a coprire l'intero spazio del borsone. Quindi non sarebbe stata più la borsa Adidas con pochi indumenti puliti, acquistati in un supermercato con i saldi di ottobre. Ma la borsa per uno scambio di contanti, che ora, lei, solo lei, andava a consegnare al legittimo proprietario, seduto al bar di un hotel prestigioso.

Giovanna glanced down at her bulky Adidas bag, which had been converted into a container for two pairs of jeans, three T-shirts, two white shirts, a toothbrush, toothpaste, and three panties. She lifted it, hiding it almost from view, imagining it contained cash, neatly bundled 500 euros in 50 euro notes, arranged meticulously and stacked on top of each other to cover the entire space inside the duffel bag. Thus, it would no longer be just the Adidas bag with a few clean clothes, purchased at a supermarket during October sales. It had become a bag for a cash exchange, which now, she, and only she, was going to deliver to the rightful owner, sitting at the bar of a prestigious hotel.

Il suo sguardò rilevò una rapida panoramica della sala, vuota, lucente, pavimento di marmo rosa, pochi Chesterfield di pelle invecchiata agli angoli della sala, quasi nascosti da felci e Bengiamini lussureggianti. La luce entrava dalle ampie vetrate, prospicenti alla Piazza del Duomo, raggi di sole che si rifrangevano sul mobilio lucido, sui lampadari di cristallo, sulle foglie lustri assetate di luce e acqua, ristrette in vasi di ceramica decorata.
La suola delle Converse gniccò sul lucido marmo.
La cera creava un attrito imbarazzante sulla plastica delle scarpette giovanili.
Nella sala era presente un solo uomo.

Her gaze scanned the room quickly, empty and gleaming with pink marble floors. There were a few aged leather Chesterfields in the corners of the room, almost hidden by lush ferns and Benjamin figs. Sunlight streamed in through the large windows, facing Piazza del Duomo, casting rays that refracted on the glossy furniture, crystal chandeliers, and the shiny leaves of thirsting plants, confined in decorated ceramic pots.

The soles of her Converse sneakers squeaked on the polished marble floor, as the wax created an awkward friction on the youthful shoes' plastic.

In the room, there was only one man.

Le voltava le spalle, erano spalle ampie, coperte da una camicia azzurra di lino, lasciata fuori dai pantaloni sempre in lino ma beige. Un piede vagabondo, nobilitato da un Todd's in camoscio, sconfinava dallo spazio del tavolino per accennare un movimento che sarebbe arrivato in seguito.

Con i capelli troppo lunghi sul collo della camicia, troppo bianchi o biondi, o grigi, non era canuto, ma neanche chiaro, i suoi capelli mossi e setosi creavano virgole di colore grigio biondo, arricciandosi senza pudore sul collo massiccio e sulle orecchie arrossate dal sole. Resi lisci dalle tempie forse per tutte le volte che la mano nervosamente si era intromessa per risistemarli con intimità.

He had his back turned to her, broad shoulders covered by a light blue linen shirt, untucked from his beige linen trousers. One wayward foot, enhanced by a pair of suede Tod's shoes, extended beyond the confines of the small table, hinting at a movement that would come later.

His hair, too long on the collar of his shirt, was too white or blond or gray, not really salt-and-pepper but something in between. His wavy and silky hair created strands of grayish-blond, curling without restraint on his massive neck and sun-reddened ears. The hair was smoothed on his temples, perhaps from all the times his nervous hand had intervened to rearrange it intimately.

Giovanna si avvicinò di tre quarti, osservò l'avambraccio peloso, di morbidi peli biondi, le maniche arrotolate della camicia, il sudore che scuriva piccoli lembi della stoffa, all'altezza dell'incavo delle scapole e sul fianco del dorso seduto.
Al polso destro indossava un Philippe Patek con schermo nero e lancette in oro. Il cinturino di coccodrillo nero catturava qualche pelo biondo per stenderlo e reprimerlo al di sotto della sua opulente fattura.
Aveva orecchie ben disegnate, dai lobi morbidi e carnosi, con piccoli padiglioni che captarono un suono, un movimento, un fruscio e lo indussero a voltarsi.
Occhi azzurri come l'acqua marina puntarono Giovanna.

Giovanna approached at a three-quarter angle, observing the hairy forearm, covered in soft blond hairs, with the shirt sleeves rolled up. She noticed the sweat darkening small patches of fabric, around the hollows of his shoulder blades and on the side of his seated back.
On his right wrist, he wore a Philippe Patek with a black face and gold hands. The black crocodile strap captured a few blond hairs, taming them beneath its opulent presence.
His ears were well-shaped, with soft and fleshy lobes, and small earlobes that caught a sound, a movement, a rustle, prompting him to turn around.

His eyes, as blue as the sea, locked onto Giovanna.

Occhi di un tale vivido e cristallino colore come solo i nordici potevano assumere nel loro DNA. Sottili, con ciglia chiare, una pupilla che reattivamente mise a fuoco allargandosi leggermente, circondata da un iride intensa di un azzurro quasi trasparente. Per un attimo l'intero spazio sembrò tingersi di azzurro, come essi stessi fossero immersi in un bagno azzurro e liquido di umore, come un acqua delle coste paradisiache della Puglia che vengono dette le Maldive Italiane, come alla Baia dei Turchi dove per un anno intero da ragazza aveva soggiornato, aiutando in un albergo sulla costa. Si ricordava i tuffi dalle scogliere e le immersioni a caccia di spugne abbarbicate alle rocce.

Eyes of such vivid and crystalline color, a shade that only those with Nordic heritage could possess in their DNA. Slim, with light eyelashes, a pupil that reflexively adjusted by slightly dilating, surrounded by an intense iris of an almost translucent blue. For a moment, the entire space seemed to be tinged with blue, as if they were immersed in a liquid bath of azure, like the waters of the paradise-like coasts of Puglia, often referred to as the Italian Maldives. It reminded her of the Bay of the Turks where she had stayed for an entire year as a young girl, helping out at a hotel on the coast. She remembered the cliff dives and the underwater hunts for sponges clinging to the rocks.

E quando si apriva gli occhi sott'acqua, quell'azzurro intenso e vivido, del mare buono e accogliente come l'utero di una madre, ondoso e placido e blu.
Riccioli scomposti si accanivano sulla fronte abbronzata, imperlata da sottile gocce di sudore salato. La pelle era stranamente abbronzata per un inglese refrattario al sole intenso italiano. Eppure le rughe agli angoli degli occhi e della bocca erano più chiare, quasi bianche formando una sottile trama di vita. La mano ampia e snella abbracciò lo schienale della sedia, in una torsione scomoda del suo busto, la Todd's scivolò un po' più in fuori, come a voler chiedere, e allora?

And when she opened her eyes underwater, that intense and vivid blue, the welcoming and nurturing sea, like a mother's womb, undulating and tranquil and blue.

Disheveled curls clung to his tanned forehead, adorned with tiny droplets of salty sweat. His skin was strangely tanned for an Englishman resistant to the intense Italian sun. Yet, the wrinkles at the corners of his eyes and mouth were paler, almost white, forming a delicate pattern of life. His wide and slender hand embraced the backrest of the chair, in an uncomfortable twist of his torso, the Todd's shoe slid a bit further out, as if to ask, "So, what now?"

Se lo aspettava Giovanna un tono del genere, imperioso e sbrigativo, veloce e dinamico, e quindi? E allora? Cosa ti aspettavi? Il collo della camicia nel movimento si aprì un po' di più a rivelare nuovi peli ricci e biondi sul busto abbronzato.

La barba era accennata, bionda o grigia, come se da qualche giorno non ne avesse cura, le basette dei rettangoli perfetti che raggiungevano i lobi in armoniosa simmetria.

«What the hell does he want?»

Giovanni deglutì, la sua voce era come avrebbe potuto immaginarla in milioni di incubi, ferma, decisa, forse la voce di qualche tiranno o usurpatore o di qualche dittatore.

Saltò dentro sé stessa.

Giovanna had expected a tone like that, imperious and brusque, fast and dynamic, "So what? And then what? What did you expect?" As he moved, the collar of his shirt opened a bit more, revealing new curly blond hairs on his tanned chest. His beard was stubbly, blond or gray, as if he hadn't cared for it for a few days, with sideburns forming perfect rectangles that reached his earlobes in harmonious symmetry.

"What the hell does he want?" His voice was as she might have imagined it in millions of nightmares, firm and decisive, perhaps the voice of some tyrant or usurper or dictator. Giovanna felt a lump in her throat; her voice was frozen within her.

«Io sono Giovanna. Il suo autista.»

Inutile parlare inglese, meglio non dargli la speranza che avrebbe capito qualche parola o potuto affrontare una conversazione nella sua lingua.

I suoi occhi scrutarono Giovanna più minuziosamente, rimpicciolendosi e folgorando ogni dettaglio, registrando e immagazzinando dati.

Cosa poteva dedurne?

Trent'anni circa, carina, un bel volto, un bel corpo snello contenuto in vestiti non suoi, in una pelle non sua, come fosse una vita attribuita in modo errato, un clamoroso sbaglio, per cui lei Giovanna, in verità, avrebbe dovuto sedere nella hall dell'hotel di Orvieto.

"I am Giovanna. Your driver," she said, deciding it was pointless to speak English. It was better not to give him any hope that he might understand a few words or engage in a conversation in his language.

His eyes scrutinized Giovanna more closely, narrowing and flashing over every detail, recording and storing data. What could he deduce from her appearance? She was around thirty, attractive, with a beautiful face and a slender body encased in clothes that weren't hers, in skin that wasn't hers. It was as if she were living a life attributed to her in error, a glaring mistake, where the real Giovanna should have been sitting in the hotel's lobby in Orvieto.

Vestita di chiffon e seta, con tacchi di qualche stilista egocentrico e una mini bag di Hermes appoggiata svogliatamente sul bancone di fianco a una flute.

I capelli tagliati con le cesoie incorniciavano un viso dagli alti zigomi. Non era bella, la bocca troppo grande, gli occhi due fessure scure, un naso aquilino che ne faceva immaginare origine esotiche che si infrangevano su dei capelli biondissimi, fini e impalpabili, lievemente arruffati.

Spesse sopracciglia nere, cozzavano con una pelle diafana che al suo parlare andava scolorandosi anche maggiormente con il preludio a un qualche svenimento da contenere.

Dressed in chiffon and silk, with heels from some egocentric designer and a Hermes mini bag casually resting on the counter next to a flute. Her hair, cut with scissors, framed a face with high cheekbones. She wasn't beautiful; her mouth was too large, her eyes two dark slits, and she had an aquiline nose that suggested exotic origins. All of this contrasted with her extremely blonde, fine, and ethereal hair, which was slightly disheveled.

Thick black eyebrows clashed with her translucent skin, which, as she spoke, seemed to pale even further, as if on the verge of a fainting spell that needed to be contained.

Una donna dai contrasti forti, gentile ma audace, severa e aquilina ma tonda e armoniosa, bionda e diafana ma scura nello sguardo…
«Giovanna….» lo pronunciò come ogni inglese che impari la lingua italiana, cantilenando e strascicando le vocali e le consonanti, pronunciando una musica piuttosto che un nome.
Si alzò con un movimento repentino e veloce, facendo stridere le gambe della sedia sul marmo rosa e occupando lui solo con un metro e novanta di altezza, lo spazio visivo della sala vuota.
Era grosso, spalle larghe, lunghe gambe, un dorso muscoloso, forse regalo di qualche attività sportiva giovanile, un ventre che spingeva la camicia, lievemente gonfio.

A woman of strong contrasts, kind yet bold, severe and aquiline yet round and harmonious, blonde and ethereal yet dark in her gaze...
"Giovanna..." he pronounced it like every English person learning the Italian language, singing and dragging out the vowels and consonants, turning a name into a melody rather than a simple utterance. He rose abruptly and swiftly, making the legs of the chair screech on the pink marble floor, occupying the entire visual space of the empty room with his towering height of six feet three inches. He was big, with broad shoulders, long legs, a muscular back, possibly the result of youthful sports activities, and a belly that pushed against his shirt, slightly protruding.

Spinse avanti la mano aperta, aprendo le labbra rosate in un sorriso smagliante, bianco senza compromessi.

«George Holliday»

Giovanna abbassò lo sguardo, era completamente sovrastata, l'aria sembrava avvertirla che non ne avrebbe avuta abbastanza da respirare in un piccolo spazio vitale come quello, condiviso con un uomo i cui polmoni probabilmente incameravano il doppio dell'aria di un uomo normale, il doppio di tutto. Osservò i pantaloni di lino, lievemente spiegazzati all'altezza del cavallo, e la tonalità ecru che modernamente si addiceva al suo incarnato abbronzato di straniero in vacanza.

He extended his open hand, parting his rosy lips in a dazzling smile,
with teeth that were uncompromisingly white.

"George Holliday."

Giovanna lowered her gaze; she felt completely overshadowed. The air seemed to warn her that there wouldn't be enough to breathe in this small living space shared with a man whose lungs probably held twice as much air as a regular person's, twice everything else. She observed his linen pants, slightly wrinkled around the crotch, and the ecru shade that modernly suited his tanned complexion, that of a foreigner on vacation.

Finalmente poteva ammirare le punte delle Todd's, allineate e leggermente divaricate come dei soldatini pronti alla guerra.

Finally, she could admire the tips of the Tod's shoes, lined up and slightly spread apart like little soldiers ready for battle.

CAPITOLO QUINTO

«Giovanna? Let's Go! Dove - è – la - macchina?» Scandiva bene perché capissi, d'altronde mi stava pagando lui.

«Piacere, è nel parcheggio dalla funivia, non si può arrivare fino a qui» gli porse la sua manina, per un attimo rammaricandosi che non vi fossero anelli o bracciali a testimonianza della sua sessualità. Ma solo la pelle, ruvida al tatto, spessa nei palmi per le fatiche fatte con la sedia a rotelle.

Gliela strinse tutta, ghermendola e facendola scomparire nella sua interamente, senza stringerla tanto da farle male, con dolce fermezza.

CHAPTER FIVE

"Giovanna? Let's Go! Where is the car?" He enunciated clearly so she would understand, after all, he was the one paying her.

"Pleasure. It's in the cable car parking lot. We can't get it closer than this," she replied, offering her hand. For a brief moment, she regretted the absence of rings or bracelets as a testimony to her femininity. But there was only skin, rough to the touch, thick in the palms from the work she did with her wheelchair.

He shook her hand, enveloping it entirely, not squeezing too hard to hurt her but with a gentle firmness.

Scrollò lievemente con un gesto soave che partiva dall'avambraccio, due volte, ritmato e gentile, come fanno gli uomini davanti alle trattative d'onore.

Poi la lasciò quando il palmo fondeva il calore di entrambi e la pelle cominciava a scaldarsi, la lasciò per aprirsi in un gesto ampio delle braccia.

«Andiamo Giovanna?»

«Sì certo Mister Holliday, prendo il suo bagaglio»

«Giovanna Giovanna, io prendo mio bagaglio …»

Fece emergere un trolley nero lucido con un piccolo stemma rosso del famoso cavallino.

«Sei piccola…forse è meglio che io porti anche il tuo?»

«No no Mister Holliday, grazie. Mi mi segua allora, ecco andiamo subito alla prima tappa»

He gently shook her hand, twice, with a graceful motion starting from his forearm, like men do in honor negotiations. Then he let go as their palms melded and their skin started to warm. He opened his arms in a broad gesture. "Shall we go, Giovanna?" he said.

"Yes, of course, Mr. Holliday. I'll get your luggage," Giovanna replied.

"Giovanna, Giovanna, I'll take my luggage," he corrected her.

He produced a glossy black trolley with a small red emblem of the famous horse.

"You're petite... maybe I should carry yours too?" he suggested.

"No, no, Mr. Holliday, thank you. Please follow me then. Let's go straight to the first stop."

Lui era già partito, una falcata veloce, le rotelline del trolley scivolavano silenziose sul marmo, i tacchi di cuoio delle Todd's marcavano il passo, come i potenti marcano il passo del successo, con una piccola fanfara che intona sempre la loro colonna sonora preferita, quella della vittoria, quella della soddisfazione insita nelle loro scelte, nelle loro decisioni, ed ecco la piccola fanfara intonava il potere ad ogni passo. E forse c'è un motivo per cui negli Hotel di lusso i pavimenti sono in marmo e le scarpe con i tacchi in cuoio, per un codice trascritto per cui la ricchezza è rumorosa ma ritmata.
Lui le aprì la porta dell'uscita, la fece passare e un caldo afoso li investì entrambi.

He was already on his way, taking brisk strides. The trolley's wheels glided silently on the marble floor, and the leather heels of his Tod's shoes marked the pace. Just as the powerful mark the rhythm of success with a little fanfare that always plays their favorite soundtrack – that of victory, that of satisfaction in their choices and decisions – the small fanfare played power with each of his steps. Perhaps there is a reason why luxury hotels have marble floors and shoes with leather heels; it's part of an unspoken code where wealth is loud but rhythmic.

He opened the exit door for her, ushering her through, and they were both hit by a hot, humid wave.

Ora appariva lievemente più soffocante.

Lui si portò una mano alla fronte, visibilmente sudata.

«Caldo in Italia, dovevamo partire di sera, dov'è macchina?» cantilenò prepotente.

«Vicinissimo, mi segua» Giovanna partì quasi di corsa sulle agili Converse.

Non sentiva le rotelline del trolley, ma non osava girarsi a guardarlo. Intravide la Bentley, estrasse le chiavi dalla tasca e l'accese per segnalarne la presenza.

Lui aprì il bagagliaio e sistemò la borsa, estraendone un borsello in pelle marrone, che tenne con sé.

Giovanna era intontita. Lui le prese dalle mani la borsa e la sistemò nel bagagliaio. Poi chiuse, aprì la portiera e si mise alla guida.

The heat in Italy now felt even more suffocating. He wiped his visibly sweaty forehead.

"It's hot in Italy. We should have left in the evening. Where's the car?" he said assertively, a hint of annoyance in his voice.

"Very close, please follow me," Giovanna replied.

She almost ran ahead in her agile Converse shoes. She couldn't hear the wheels of the trolley but dared not look back at him. She glimpsed the Bentley, took the keys out of her pocket, and started the engine to signal its presence.

He opened the trunk and placed the bag inside, taking out a brown leather shoulder bag that he kept with him. Giovanna was stunned. He took the bag from her hands and placed it in the trunk. Then he closed it, opened the car door, and took the driver's seat.

Abbassando il finestrino le gridò di salire.

«Perché ha portato la borsa? Pensava ladri?»

«Cosa?» rispose ebete.

«Perché ha portato la borsa con sue mani se dovevamo tornare in macchina?»

«Io pensavo che rimanessimo in hotel la notte. Partissimo domani, c'era scritto così nel programma, ma per me è lo stesso»

«Ah sì è vero. Io non piace gli Hotel, quel posto puzzava. A me piace piccoli posti dove stare tranquillo in shorts»

«Ah ok! Perché vuole guidare lei? Io dovrei guidare io»

«No no io non mi fidare di donna che guida macchina, a me piace sentire macchina, il motore. Unico problema è guida a destra, perché Shit! Arrivano da parte sbagliata!»

Lowering the car window, he yelled for her to get in. "Why did you bring the bag? Did you think there would be thieves?" he asked. "What?" Giovanna replied, bewildered. "Why did you bring the bag with your hands if we were going back to the car?" he repeated. "I thought we were staying at the hotel for the night. We were supposed to leave tomorrow; that's what it said in the program. But it's all the same to me," she replied. "Oh, yes, that's right. I don't like hotels. That place smelled. I prefer small places where I can be comfortable in shorts," he explained. "Ah, I see. Why do you want to drive? I should be the one driving," Giovanna said. "No, no, I don't trust women driving cars. I like to hear the car, the engine. The only problem is driving on the right side because, shit, they come from the wrong side!" he replied.

«Certo l'assicurazione copre i danni ma sarebbe meglio se andasse più piano visto che non mi sembra pratico del codice della strada italiano»
«Dove vuoi andare Giovanna?»
«Come?»
«Tu fai sempre domande sbagliate. Tu devi rispondere non fare altra domanda»
«Come, io non ho capito, e poi, può andare più piano per favore?»
«Sei confusa. Una donna che veste uomo, che non risponde alle domande come deve fare»
«Dove vuoi andare Giovanna?»
«A casa»
Scoppiò a ridere. Una risata fragorosa, intimamente piacevole. Un aroma di tabacco, colonia da uomo e sudore salato invase l'abitacolo della Bentley.

"Of course, the insurance covers damages, but it would be better if you slowed down since you don't seem familiar with Italian traffic rules," Giovanna suggested.
"Where do you want to go, Giovanna?" he asked.
"What?" she replied.
"You always ask the wrong questions. You should answer, not ask another question," he said.
"What do you mean? I didn't understand. And can you please slow down?" Giovanna requested.
"You're confused. A woman dressed like a man, not answering questions as she should," he commented.
"Where do you want to go, Giovanna?" he repeated.
"Home," she replied.
He burst into laughter. A hearty, pleasing laugh. The scent of tobacco, men's cologne, and salty sweat filled the Bentley's interior.

«No, questo non è possibile. Noi non abbiamo più casa. Nessuno. Siamo persone sole, senza affetti in questo viaggio. Siamo unici e nessuno ci ama, quindi non abbiamo casa. Dove vuoi andare, seconda scelta, Giovanna?»
Calò un silenzio imbarazzante. Giovanna aveva perduto la meta. La meta era sopravvivere. Non esistevano ideali o sogni. I sogni erano infranti, evaporati al calore della realtà.
Non rispondeva per timidezza. Non rispondeva perché non aveva un desiderio. Neanche uno.
Si guardò le mani dalle dita intrecciate tra loro in una fitta trama di insicurezze.
«Mister Holliday, non saprei. Cosa ha voglia di vedere lei?»
«Voglio aiutarti, Giovanna.

"No, that's not possible. We don't have a home anymore. Neither of us. We are alone, without any connections on this journey. We are unique, and no one loves us, so we don't have a home. Where do you want to go, second choice, Giovanna?" An awkward silence settled in. Giovanna had lost her destination. Her only goal was to survive. There were no ideals or dreams left. Dreams shattered, evaporated in the heat of reality. She didn't respond out of shyness. She didn't respond because she had no desires. Not a single one. She looked at her hands, fingers intertwined in a complex web of insecurities. "Mister Holliday, I wouldn't know. What would you like to see?" Giovanna finally spoke.

"I want to help you, Giovanna.

Andremo a Bagnoregio. Ho visto una volta questa bella città, sembra come sospesa. Beautiful!»
«E' lontana da qua, abbiamo solo quattro giorni, poi devo guidare io, non lei…non si può per l'assicurazione, lei deve stare dietro e ascoltare la musica. Io devo guidare»
«Giovanna, io sono George. Mi chiami George. Ok?»
«No non è ok, lei è Mister Holliday. Io Giovanna»
«Giovanna tu hai lo snob. Sei snob. Come si dice? Tu credi che ci sia un muro di vetro, glasses, ok? Perchè questo? Racconta di te»
«All Right!»
«Lei più che inglese sembra uno di quegli americani chiassosi che sputano tabacco per terra»
Rise ancora.
«Ok, parla di te, per me va bene»

"We're going to Bagnoregio. I saw this beautiful town once; it seems suspended. Beautiful!"
"It's far from here, we only have four days, and then I have to drive, not you... It's not allowed by the insurance, you have to sit in the back and listen to music. I have to drive."
"Giovanna, I'm George. Call me George. Okay?"
"No, it's not okay. You're Mr. Holliday. I'm Giovanna."
"Giovanna, you're snobbish. You're a snob. How do you say it? You think there's a glass wall, glasses, okay? Why is that? Tell me about yourself."
"All right!"
"You sound more like one of those loud Americans who spit tobacco on the ground than English."

He laughed again.
"Okay, tell me about yourself, that works for me."

«Ho solo lavoro, lavoro, lavoro. Solo persone che lavorano con me. Ma forse mi odiano, non so. Tu capisci?»
Giovanna fece un cenno.
«Ero venuto qui in vacanza per dimenticare che sono solo. Ho 57 anni. Sono grasso. Grosso. Come dite voi?»
«Mi sembra un uomo forte»
«Forte come un toro, sì, ma vecchio forse. Tante amanti, ma sono donne che vogliono soldi. Stupide»
Fece una smorfia e un gesto con la mano oscillante come se fossero davvero appena sufficienti al suo cospetto.
«George e dove vivi?»
«London»
«E viaggi molto? Come si vive nel lusso? Cosa si prova?»
«Giovanna Giovanna è veramente bello! Puoi sentire il mondo nelle mani.

"I only have work, work, work. Only people who work with me. But maybe they hate me, I don't know. Do you understand?"
Giovanna nodded.
"I came here on vacation to forget that I'm alone. I'm 57 years old. I'm fat. Big. How do you say it?"
"You seem like a strong man." "As strong as a bull, yes, but maybe old. Many lovers, but they're women who want money. Stupid."
He made a grimace and a dismissive hand gesture as if they were barely worth his attention.
"George, where do you live?"
"London."
"Do you travel a lot? What is it like to live in luxury? How does it feel?"
"Giovanna, Giovanna, it's really beautiful! You can feel the world in your hands."

Sentire il suo cuore, che batte, batte e sapere che è tuo. Lo puoi prendere quando vuoi. Puoi partire, tornare. Vendere o comprare. Tutto quello che decidi è denaro per te»
«Come essere invincibili?»
«Come supereroi! Ma la tristezza alle volte arriva. E' come un patto con il Diavolo. Forse non so io ho fatto patto e non me lo ha detto. Gli ho chiesto denaro in cambio di mia vita. In cambio di famiglia, amore, affetto. Di figli che avessero mio nome, mio aspetto»
«Vuoi figli che abbiamo il tuo aspetto? Oh My God!»
Rise ancora. Era familiare e delicato, forse aveva bevuto dell'amaro, si avvicinò un pochino a Giovanna.
«Fai un buon odore. No profumo. Profumo!»
«Grazie»

"To feel your heart, beating, beating, and knowing it's yours. You can take it whenever you want. You can leave, come back. Sell or buy. Everything you decide is money for you."
"Like being invincible?"
"Like superheroes! But sadness sometimes comes. It's like a pact with the Devil. Maybe I didn't know I made a pact with him. I asked for money in exchange for my life. In exchange for family, love, affection. For children who had my name, my appearance."
"You want children who look like you? Oh My God!"
He laughed again. It was familiar and gentle, perhaps he had been drinking some bitter drink. He leaned a bit closer to Giovanna.

"You smell good. No perfume. Scent!."

"Thank you."

«Tu Giovanna quanti anni hai?»

«Trentasei anni»

«Sei single?»

«Sono stata sposata, ora sono separata»

«Tu o lui?»

«Lui, lui»

«Aveva altra donna forse»

«No, abbiamo un figlio che ha problemi. E' sulla sedia a rotelle, non parla ancora bene. Insomma lui è andato via, non ha retto»

«Non ha retto? Vuoi dire che era troppo difficile per lui? Con il denaro? Con te?»

«Tutto, era difficile tutto. Marco ha bisogno di assistenza continua, i soldi non bastavano, io forse mi aspettavo troppo, non lo so. Un giorno è andato via»

«Perché dai colpa a te?»

«Perché forse ce l'ho. Lo sapevo che Marco era così prima che nascesse. Potevo abortire, ero in tempo.

"How old are you, Giovanna?"

"I'm thirty-six years old."

"Are you single?"

"I was married, now I'm separated."

"You or him?"

"Him, him."

"Maybe he had another woman?"

"No, we have a son with special needs. He's in a wheelchair and doesn't speak well yet. So, he left, he couldn't handle it."

"He couldn't handle it? Do you mean it was too difficult for him? With the money? With you?"

"Everything, it was all difficult. Marco needs constant care, and the money wasn't enough. Maybe I expected too much, I don't know. One day he just left."

"Why do you blame yourself?"

"Because maybe I do. I knew Marco would be like this before he was born. I could have had an abortion; I had time."

«Invece amavo il mio bimbo e volevo che avesse una possibilità»
«E non ce l'ha?»
«No»
«Perché no»
«Senti George tu sei gentile, magari diventiamo amici, però ti prego, io non me la sento di parlare delle mie cose»
«Dai Giovanna…non ti arrabbiare» le fece una leggera carezza sulla coscia. Il muscolo sotto la stoffa di cotone del pantalone dozzinale si contrasse.
«Tu sei leone che morde. Devo insegnare te che io non sono cacciatore, ma leone come te»
«George tu sei il peggiore dei cacciatori. Perché sei un uomo solo, in cerca di opportunità e ti sono capitata io per caso con cui divertirti»

"I loved my baby, and I wanted him to have a chance."
"And he doesn't?"
"No."
"Why not?"
"Listen, George, you're kind, maybe we can become friends, but please, I can't talk about my things."
"Come on, Giovanna... don't get angry," he said, lightly caressing her thigh. The muscle under the fabric of her ordinary cotton pants tensed.
"You're a lion that bites. I have to teach you that I'm not a hunter, but a lion like you."
"George, you're the worst kind of hunter. You're a lonely man, looking for opportunities, and I just happened to cross your path for you to have fun with."

«Sì mi diverto Giovanna, che male c'è?»

«Non sulle mie cose personali. Divertiti sulle tue amanti, sui tuoi concorrenti. Negli affari. A Bagnoregio, divertiti, dove vuoi, con chi vuoi, ma non con le mie cose personali»

«Mi hai ucciso, Giovannaa»

«Scusami, forse esagero. Guarda non manca molto. Vuoi della musica? Classica?»

«Se uccidevi il bimbo, lui rimaneva con te? Lo amavi così tanto?»

Giovanna sussultò.

«Ma che cazzo dici! No certo che no! Non penso mai a lui! Non lo amavo già i primi mesi di gravidanza!»

«Allora?»

«Allora penso che Marco rimarrà sempre così. Non avrà figli, una moglie, delle soddisfazioni professionali.

"Yes, I'm having fun, Giovanna. What's wrong with that?"

"Just not with my personal stuff. Have fun with your mistresses, your competitors, in business. In Bagnoregio, have fun, wherever you want, with whoever you want, but not with my personal stuff."

"You've killed me, Giovanna."

"I'm sorry, maybe I'm overreacting. Look, we're almost there. Do you want some music? Classical?"

"If you had killed the baby, would he have stayed with you? Did you love him that much?"

Giovanna flinched.

"What the hell are you saying? No, of course not! I didn't even love him in the first few months of pregnancy!"

"Then what?"

"Then I think Marco will always be like this. He won't have children, a wife, professional achievements."

E quando io diventerò vecchia? Quando morirò? Lui che farà…chi gli racconterà le storie di uccellini e leprotti?»
«La sua amica, una signora che pagherai per farlo, oppure una sorella. Io non ho famiglia, sono solo, ma sono sano. Bello anche! Solo un po' di pancia perché ho bevuto troppa birra, credo. Ma ora non voglio più. Basta birra! Voglio tornare bello per Giovanna!»
E rise di nuovo.
Stavolta però un sorriso scappò anche a lei.
«Tu non è che sei proprio bello, forse affascinante, ecco sì sei un omone, fai un pochino di impressione, così grande, con questi occhi azzurri!»
«Ahhh Giovanna ha visto miei occhi azzurri…e poi cosa piace?»

"And when I grow old? When I die? What will he do... who will tell him stories about birds and rabbits?"
"His friend, a lady you'll pay to do it, or a sister. I don't have a family, I'm alone, but I'm healthy. Handsome too! Just a bit of a belly because I drank too much beer, I think. But not anymore. No more beer! I want to get handsome again for Giovanna!"
And he laughed again. This time, though, a smile escaped from her lips.
"You're not exactly handsome, maybe charming, yes, you're a big guy, a bit imposing, so tall, with those blue eyes!"
"Ahhh Giovanna has seen my blue eyes... and then what do you like?"

«Oddio niente, no scherzavo, sì sei carino ecco. Però un po' vecchio»
«Vecchio? No no vecchio. Io sono come roccia, ho esperienza, avuto molte donne»
«Non lo voglio sapere. Finiamola qua»
«Tu avuto molti uomini?»
«No»
«Tu avuto un solo uomo?»
«No, per favore»
«Tu timida?»
«Sì timida, grazie»
«Giovanna ha detto sì!»
Giovanna si girò di scatto a guardarlo, poi non potè resistere alla risata fragorosa che stava già per esplodere dalla sua gola.
«Tu no leone, tu topo»
«Smettila o ti lascio qui al bordo dell'autostrada»
«All's fair in love and war»
«Siamo a Viterbo, vuoi fermarti qui? Oppure cerchiamo una locanda a Bagnoregio?»

"Oh my, nothing, I was joking. Yes, you're cute, alright. But a bit old."
"Old? No, not old. I'm like a rock, I have experience, had many women."
"I don't want to know. Let's stop here."
"Have you had many men?"
"No."
"Have you had just one man?"
"No, please."
"You shy?"
"Yes, shy, thank you."
"Giovanna said yes!"
Giovanna spun around to look at him, then couldn't help but burst into hearty laughter.
"You're not a lion, you're a mouse!"
"Stop it, or I'll leave you here by the side of the highway."
"All's fair in love and war."

"We're in Viterbo, do you want to stop here? Or should we look for an inn in Bagnoregio?"

«Lo-can-da cosa è lo-can-da?»

«Dove dormiamo? Vuoi un albergo qui a Viterbo oppure provo a cercare un bad and breakfast a Civita di Bagnoregio?»

«So io, young lady, ho un bel posto dove mi conoscono!»

«Sei già stato qui?»

«Enrico! Enrico sono tornato! Sono George! Sì sto bene! Bene da morire!»

Un breve silenzio, George sorrideva, reggendo il cellulare.

«Sì all right! Quella bella camera con la vista sulle montagne! La solita!»

«Sono solo…no non sono solo, c'è con me una donna. Molto bella» Pronunciò l'ultima frase prolungando le vocali, come se fosse una canzone.

«E' italiana!»

Silenzio.

"What's a lo-can-da?"

"Where we sleep? Do you want a hotel here in Viterbo, or should I try to find a bed and breakfast in Civita di Bagnoregio?"

"I know, young lady, I have a nice place where they know me!"

"You've been here before?"

"Enrico! Enrico, I'm back! It's George! Yes, I'm well! Well to die for!"

A brief silence, George was smiling, holding the phone.

"All right! That beautiful room with the mountain view! The usual!"

"I'm alone...no, I'm not alone, there's a woman with me. Very beautiful."

"She's Italian!"

Silence.

«Ok tu sai tutto, stiamo arrivando!»

Riattaccò.

Giovanna lo fissò un attimo. George chiuse la comunicazione, fissando il telefono con attenzione. Si passò una mano sui ricci che cadevano a coprirgli la fronte, e la stessa mano andò poi ad accarezzargli la mascella, in un gesto tirato che voleva essere di conforto.

Alzò lo sguardo e incontrò gli occhi di lei. Interrogativi ma timidi.

«Conosco un bel posto»

«Sono bella per te?», pensò.

«Sì, ho capito. Dove devo andare?»

«A comprare vestiti. Hai una borsa piccola piccola. Dentro ci sarà una mutandina»

Giovanna arrossì di vergogna come se avesse dodici anni.

"Okay, you know everything, we're coming!"

He hung up.

Giovanna stared at him for a moment. George ended the call, looking at his phone with care. He ran a hand through his curls, letting them fall over his forehead, and then the same hand moved to stroke his jaw in a tense gesture meant to be comforting.

He looked up and met her eyes. Inquisitive but timid.

"I know a nice place."

"Am I beautiful to you?" she thought.

"Yes, I got it. Where do I need to go?"

"To buy clothes. You have a very small bag. Inside, there will be underwear."

Giovanna blushed with embarrassment as if she were twelve years old.

«E indossi una divisa come in un carcere»
«Sono un autista»
«Sei Giovanna, all right?»
«Fermiamoci a Viterbo, cerco su Google una boutique»
«Boutique??»
«Como se dice? Boutique! Negozio!»
«Io non posso comprarmi dei vestiti, ti devo andare bene così»
«Tu mi vai bene così. Non mi va bene il tuo look»
«Il mio look è quello di una donna che lavora»
«Depressed looks…»
«Segui Google, lui ha capito»
«George guarda davvero credo che tu sia troppo invadente, questo è un viaggio di lavoro, non voglio regali o doverti dire grazie. La mia azienda non pagherà certo acquisti non autorizzati e io non ho soldi da spendere in vestiti»

"And you're wearing a uniform like in a prison."
"I'm a driver."
"You're Giovanna, all right?"
"Let's stop in Viterbo, I'll look for a boutique on Google." "Boutique?"
"How do you say it? Boutique! Shop!"
"I can't buy clothes; you have to accept me as I am."
"You're fine just the way you are. I don't like your look." "My look is that of a working woman."
"Depressed looks..."
"Follow Google; it understood."
"George, honestly, I think you're being too pushy. This is a business trip; I don't want gifts or feel like I owe you thanks. My company certainly won't pay for unauthorized purchases, and I don't have money to spend on clothes."

«Giovanna, Giovanna…sono sempre andato da Enrico con delle puttane, bitch, don't get me wrong, per me va bene! Erano ben vestite. Io ho una faccia. Come posso spiegare…io ti compro molti bei vestiti, tu sorridi e mi prendi la mano, mi fai una carezza, no sex, un gesto affettuoso e io sono una star! Un boss! Ok? Hai capito?»

«No sex? Sicuro?»

«Tutte le mie puttane erano contente. Si chiama accompagnatrice. Questo viaggio volevo stare solo, però ci sei tu. Non posso andare con donna che sembra un uomo, allora dovevano darmi un uomo. E' un problema»

«Ok e da bravo inglese, risolvi il problema»

«Io ingegnere. Costruisco aerospace gearboxes, full carbon, molto complicato.

"Giovanna, Giovanna... I've always gone to Enrico with hookers, bitch, don't get me wrong, it's fine with me! They were well-dressed. I have a reputation. How can I explain... I'll buy you many nice clothes, you smile, hold my hand, give me a caress, no sex, just an affectionate gesture, and I'm a star! A boss! Okay? Do you understand?"

"No sex? Are you sure?"

"All my hookers were happy. It's called an escort. I wanted to be alone on this trip, but you're here. I can't go with a woman who looks like a man, so they should have given me a man. It's a problem."

"Okay, and as a good Englishman, you solve the problem."

"I'm an engineer. I build aerospace gearboxes, full carbon, very complicated.

Questo non è complicato. Tu metti un bel vestito, trucchi tuo viso, e usi il pettine. Forse serve coiffeur…»
«No, anche?»
«Tu disastro»
George rise forte con una mano appoggiata alla fronte.
Era divertente, decise Giovanna, rise anche lei.
«Hai ragione, sono un disastro» ammise.
«Cerca coiffeur su Google»
«Non ne ho voglia George, perdiamo tanto tempo, facciamo i vestiti e poi mi lavo e pettino i capelli per bene da sola, ok?»
«Io non credo a te. Tu lasci asciugare all'aria, non sai usare spazzola con phon e secondo me tagli da sola i capelli, si vede dalle punte che non sono tutte pari»

This is not complicated. You put on a nice dress, do your makeup, and use a comb. Maybe you need a hairdresser..."
"Oh, really?"
"You're a mess."
George laughed heartily with a hand on his forehead. It was funny, Giovanna decided, and she laughed too.
"You're right, I'm a mess," she admitted.
"Search for a hairdresser on Google."
"I don't feel like it, George. We're wasting a lot of time. Let's do the shopping first, and then I'll wash and style my hair properly by myself, okay?"
"I don't believe you. You let it air dry, don't know how to use a brush with a hair dryer, and I think you cut your own hair; it's clear from the ends that they're not all even."

«Sì è vero. Non ho tempo, non ho voglia, il parrucchiere fa quello che vuole lui, non quello che penso io. E poi voglio essere così. Voglio che si veda che soffro tutto il giorno e non ho tempo per pensare a me. Tutti devono sapere e vedere che penso a mio figlio, non a me. Altrimenti che madre sarei?»
Strinse forte il volante della Bentley, con entrambe le mani.
«Piccola, piccola donna. Tu pensi che se soffri, si deve vedere. Ok? Bene! Dove vivi tu?»
«Milano»
«A Milano sicuro tutti hanno pena di te. Ma qui non sei a Milano, sei a Viterbo. Hai parenti a Viterbo? Che possono avere un dispiacere se tu non soffri?»
«Sei serio?»

"Yes, it's true. I don't have time, I don't have the inclination, the hairdresser does whatever he wants, not what I want. And then I want to look this way. I want people to see that I'm struggling all day and I don't have time to think about myself. Everyone must know and see that I'm thinking about my son, not myself. Otherwise, what kind of mother would I be?"
She gripped the Bentley's steering wheel tightly with both hands.

"Little, little woman. You think if you're suffering, it has to show. Okay? Well, where do you live?"

"Milan."
"In Milan, everyone probably pities you. But here, you're not in Milan, you're in Viterbo. Do you have relatives in Viterbo who might be upset if you're not suffering?"
"Are you serious?"

«Serio, sì, è domanda di logistica»

«No …non ho parenti o amici a Viterbo o a Roma»

«Ok! Quindi nessuno può riconoscere te»

«Nessuno»

«Tu fai foto a tuo figlio? Quando mandi informazioni tue e chiedi come sta lui?»

«Sì, alle volte»

«Allora tu fai tante foto adesso, che sei disastro, così lui tranquillo che tutto come sempre, capito?»

«E poi?»

«E poi tu puoi cambiare e poi cambiare di nuovo e nessuno lo sa»

«Ma lo so io»

«Tu sei costretta da me e soffri, quindi non cambia nulla anche per te, cerca su Google un coiffeur. Metti price target»

"Serious, yes, it's a logistics question."

"No... I don't have any relatives or friends in Viterbo or Rome."

"Okay! So no one can recognize you."

"Nobody."

"Do you take photos of your son? When you send information about yourself and ask how he's doing?"

"Yes, sometimes."

"So, take lots of photos now, while you look like a disaster. That way, he'll be reassured that everything is as usual, understand?"

"And then?"

"Then you can change, and then change again, and no one will know."

"But I will."

"You're doing it because of me, and you're suffering, so it won't change anything for you. Look up a hairdresser on Google. Set a price target."

«Non voglio che mi cambi, solo un po' una rinfrescatina, che faccia velocemente»

«Veloce, io aspetto»

«Ok»

«Back to topic, lascia me da boutique, tu vai da coiffeur. Prendi»

Aprì il borsello di pelle invecchiata e ne estrasse due banconote da 500 euro.

Giovanna ammutolì.

«Ma…»

«Tu vuoi pagare o rubare?»

«Pagare» sussurrò.

«Tu porta resto, no mancia. Italiano troppa mancia» e rise di nuovo.

Poi la guardò, Giovanna aveva parcheggiato e arrestato il motore.

Fissava le proprie mani, vergognosa.

«Su su piangi dopo»

«Grazie»

«Brava, ci vediamo quando hai finito, io sono qui con tuoi vestiti» e scese.

"I don't want you to change me, just a quick refresh."

"Quick, I'll wait."

"Okay."

"Back to the topic, leave me at the boutique, and you go to the hairdresser. Take this."

He opened the aged leather bag and pulled out two 500 euro banknotes.

Giovanna fell silent.

"But..." "Do you want to pay or steal?"

"Pay," she whispered.

"Take the change, no tip. Italians get too much tip," he laughed again.

Then he looked at her. Giovanna had parked and turned off the engine. She was staring at her own hands, embarrassed.

"Come on, you can cry later." "Thank you."

"Good. See you when you're done. I'll be here with your clothes."

He got out of the car.

CAPITOLO SESTO

CHAPTER SIX

George era seduto ai tavolini di un bar nella Piazza di Gesù, una delle piazze storiche di Viterbo. Si era posizionato in angolo, per vedere la grande Tore del Borgognone, ma non tanto esterno per non essere coperto dal sole, grazie al grande tendone bianco del caffè sulla piazza. La fontana zampillava felicemente, producendo quel suono grazioso dell'acqua che scroscia e ticchetta sulla pietra. Bambini affondavano le mani per catturare le monetine sul fondo, qualche cane solitario si refrigerava all'ombra umida della fontana.

George sat at one of the tables of a café in Piazza di Gesù, one of Viterbo's historic squares. He had chosen a corner spot, allowing him to have a view of the grand Tore del Borgognone but remaining partially shielded from the sun thanks to the large white canopy over the café in the square. The fountain gushed happily, creating that delightful sound of water splashing and tapping against the stone. Children eagerly reached into the fountain to capture the coins at the bottom, while a few lone dogs sought refuge from the heat in the cool, damp shadows of the fountain.

Mutanti in gioco

Giugno era alle porte afoso e assolato come solo il clima italiano poteva regalare. Di quella luce intensa che si rifrangeva sulle pietre dei palazzi e delle strade, sui ciotoli del pavè, sui marmi delle decorazioni, sui volti bianchi dall'inverno per tingerli di benessere. Il suo cocktail di ananas e agrumi stava stingendo nel bicchiere a coppa di champagne, in attesa di un altro sorso, il vociare continuo benediceva l'aria immota. E se tutto quel brusio fosse terminato? Rimaneva lo zampillio incessante dell'acqua e il tintinnio delle monete raccolte che sbadatamente cadevano dalle mani dei bambini per ritornare nei loro uterini desideri. Una moneta, un desiderio. Nessuna moneta, nessun desiderio.

Mutants in Play

June was just around the corner, hot and sunny as only the Italian climate could provide. That intense light reflected off the stones of buildings and streets, off the cobblestones of the pavement, off the marbles of the decorations, turning pale winter faces into ones tinged with well-being. Her cocktail of pineapple and citrus was fading in the champagne glass, waiting for another sip, and the constant chatter filled the still air. What if all that noise were to suddenly stop? Only the incessant splashing of the water fountain and the tinkling of coins, absentmindedly dropped from the hands of children, remained. One coin, one wish. No coin, no wish.

Nella luce, seppur ottenebrata saggiamente dalle lenti bifocali dei Ray-Ban d'epoca, apparve la sagoma di Giovanna avvicinarsi, velocemente, con passo deciso quasi fosse la marcia per la libertà, piuttosto che la liberazione dalla marcia incessante della sua esistenza.

Le foglie degli ulivi in vaso vibravano al vento caldo della sera. Il crepuscolo stava inoltrando, il sole tiepido lentamente si assopiva.

«Era ormai tardi, stavano chiudendo, mi ha fatto solo la messa in piega»

Si era piazzata come un soldato davanti al tavolino, offuscando il sole, in totale ombra. Sarebbe sempre stata una donna dai forti contrasti. Così luminosamente opaca.

«Sei bella?»

In the light, although wisely dimmed by the vintage bifocal lenses of her Ray-Bans, Giovanna's silhouette appeared, approaching swiftly, with a determined step almost like a march for freedom rather than liberation from the incessant march of her existence. The leaves of the potted olive trees trembled in the warm evening breeze. Twilight was advancing, and the lukewarm sun was slowly falling asleep. "It was getting late, they were closing up; she just did my hair," Giovanna said. She had positioned herself in front of the small table like a soldier, blocking the sun and casting a shadow over it. She would always be a woman of strong contrasts. So brilliantly opaque."Are you beautiful?" George asked.

«Se mi stai chiedendo se mi piaccio, non so mi sembro uguale a prima»

«A prima mentre fai le fatiche di un manovale? O charmant come una signora? Certo che hai ancora addosso quella divisa orribile!»

George spostò la mano sulle buste appoggiate sulla sedia libera. Accarezzò le confezioni di sartoria lievemente come fossero seta tra le mani, oro nei capelli, rugiada sulle foglie del mattino.

«Andiamo, sono stanco»

Sì alzò, era imponente.

Giovanna gli arrivava a malapena al petto.

Si incamminò verso il parcheggio, arrestandosi un secondo e attendendo lei.

«Dobbiamo immaginare che sono con te e tu con me»

«Adesso?»

"If you're asking me if I like myself, I don't know; I look the same as before," *Giovanna replied.*

"Before, while doing the labor of a laborer? Or charming like a lady? Of course, you still have that horrible uniform on!"

George moved his hand over the shopping bags resting on the empty chair. He caressed the tailor-made packages lightly, as if they were silk in his hands, gold in his hair, dew on morning leaves."Let's go, I'm tired."

He stood up, imposing. Giovanna barely reached his chest.

He walked towards the parking lot, pausing for a moment and waiting for her.

"We have to imagine that I'm with you and you're with me now," he said.

«No adesso no, dopo quando ho bruciato la divisa»
Giovanna ridacchiò, osservandolo allontanarsi, il sudore che gli aveva tinto di scuro la camicia di lino all'altezza delle scapole. Il collo ormai rosso che non era stato coperto dalla chioma biondo argentea, e quelle spalle possenti che le facevano immaginare Atlante mentre reggeva il Mondo.
Salirono sulla Bentley rovente. La strada era a dir poco suggestiva, una serie di tornanti a serpentina correvano lungo la montagna rossa di terra con ulivi maestosi abbarbicati sui versanti della collina come giovani donne abbarbicate al collo dei mariti, rimanevano lì immobili, forse timidamente mossi dal vento.

"No, not now, later, after I've burned the uniform," Giovanna chuckled, watching him walk away. Sweat had stained his linen shirt dark at the shoulder blades. His neck was now red where it hadn't been covered by his silvery blond mane, and those powerful shoulders made her imagine Atlas holding up the world.

They got into the scorching Bentley. The road was nothing short of breathtaking, a series of serpentine switchbacks running along the red earth mountain with majestic olive trees clinging to the hillsides like young women clinging to their husbands' arms. They stood there motionless, perhaps timidly swaying in the wind.

Il sole arancione tingeva l'ultima luce, allungando le ombre con il presagio di una notte stellata. La foschia delle alte quote, quando il caldo aveva battuto le ore del giorno, si alzava leggera, come una nuvola di ghiaccio liquido, incuneandosi tra le rocce, mascherando al paesaggio il ponte di Bagnoregio, la città fantasma. Parcheggiarono nell'ultimo avamposto possibile.

Il ponte li attendeva immobile.

L'unica via per accedere alla cittadina, un ponte di circa 1,7 kilometri ad una altezza di 300 metri, sospeso nel vuoto, incastrato nella roccia secolare. Unico accesso ad una cittadina viva per il turismo ma di miti sembianze.

Presero i bagagli e salirono.

The orange sun tinted the last light, casting elongated shadows with the promise of a starry night. The mist from the high altitudes, when the heat had given way to the hours of the day, rose lightly, like a cloud of liquid ice, wedging itself between the rocks, obscuring from view the bridge of Bagnoregio, the ghost town. They parked at the last possible outpost.

The bridge awaited them, immobile. It was the only way to access the town, a bridge approximately 1.7 kilometers long, suspended 300 meters in the air, wedged into the ancient rock. It was the sole entrance to a town alive with tourists but appearing as if from myth.

They grabbed their luggage and ascended.

Lo spettacolo era senza precedenti, erano letteralmente sospesi su un dirupo di 300 metri a cavallo tra rocce e strapiombi, alberi sconnessi al terreno e rampicanti che salivano dalle rocce. La foschia si insinuava tra le loro gambe beffarda, per ricordargli che la natura può creare il miracolo, prenderli ora, così sudati e stanchi per trasportarli in un epoca remota di pietra e legno. L'hotel era visibile in cima alla salita che si inerpicava tra le case. I corridoi erano volutamente angolati per permettere al vento di rallentare la sua corsa senza trascinare i panni stesi ad asciugare giù per la montagna. Lumi accesi indicavano la via nella pietra calda.
«Mi sento Dio» e rise ancora.

The spectacle was unprecedented; they were literally suspended on a 300-meter cliff, perched between rocks and precipices, with trees disconnected from the ground and vines climbing the rocks. The mist slithered between their legs mockingly, as if to remind them that nature could create miracles, snatch them up now, so sweaty and tired, and transport them to a remote era of stone and wood. The hotel was visible at the top of the slope that wound its way through the houses. The corridors were intentionally angled to allow the wind to slow down without carrying away the laundry hung out to dry down the mountain. Illuminated lanterns indicated the way in the warm stone.

"I feel like God," he said and laughed again.

Varcarono la porta dell'hotel.
«Enrico! Siamo arrivati!»
«Sì eccomi! Che bello! Sono così felice di rivederti, George! Sarete stanchi, la cena è pronta tra un'ora, vi mostro subito la stanza!»
Un ometto scuso di capelli, incredibilmente agile pur essendo tondo all'apparenza si avvicinò sorridente ai due.
«Sì Enrico anch'io sono felice ma tanto stanco! La stanza è bella? E' la mia solita che vede il monte?»
«Sì Sì Enrico tutto come lo vuoi tu!»
«Questa è Giovanna, vieni ma cherì»
«Starete bene! La cena è alle 20,00 come sempre, ti ho fatto preparare l'agnello tenero come un soufflè…vedrai si scioglie in bocca!»

They entered the hotel.
"Enrico! We've arrived!"
"Yes, here I am! How wonderful! I'm so happy to see you again, George! You must be tired. Dinner will be ready in an hour. Let me show you the room!"

A plump man with disheveled hair, surprisingly agile despite his round appearance, approached them with a smile.
"Yes, Enrico, I'm happy too but so tired! Is the room nice? Is it my usual one with a view of the mountain?" "Yes, yes, Enrico, everything just the way you like it!"
"This is Giovanna, come here, cherì."
"You'll be comfortable here! Dinner is at 8:00, as always. I've had them prepare lamb as tender as a soufflé…you'll see, it melts in your mouth!"

«Bene…bene! Sei sempre il migliore»
Giovanna li seguiva mentre si davano gentili pacche sulle spalle.
Enrico aprì la porta della stanza, ricavata nella roccia rosata della montagna. Un gigantesco letto a baldacchino in legno troneggiava al centro, il camino in sasso era acceso e schioppettava allegramente. Tappeti di lana con motivi arabeschi e arazzi alle pareti, come se fossimo entrati nella culla del mondo ma con uno sguardo all'agio del denaro.
La sala da bagno era un'unica vasca tonda incastonata nel pavimento, due piccoli lavandini tondi le facevano da contorno, luci soffuse a pavimento e candele accese spargevano nell'aria un soave aroma di vaniglia.

"Well... well! You're always the best," Giovanna followed them as they exchanged kind pats on the back.

Enrico opened the door to the room, carved into the pink rock of the mountain. A gigantic wooden four-poster bed dominated the center, the stone fireplace was lit and crackling cheerfully. Wool rugs with Arabesque patterns and tapestries adorned the walls, as if they had entered the cradle of the world but with a glance at the comfort of wealth.

The bathroom was a single round tub set into the floor, two small round sinks framed it. Soft floor lights and lit candles spread a gentle vanilla aroma in the air.

«E' meraviglioso, come sempre Enrico! Grazie della tua accoglienza fantastica!»
Enrico gongolò e sorridendo fece piccoli passi all'indietro per uscire dalla stanza silenzioso.
«Ti piace?»
«Sì certo»
Il silenzio cadde tombale.
«Ti prego vai tu per prima alla toilette e usa il letto»
«Grazie»
Giovanna prese la piccola trousse e si diresse nella stanza da bagno, chiuse la porta e fece scorrere l'acqua della vasca.
Era trascorso tanto tempo.
Buttò i suoi vestiti in un angolo come se il serpente avesse cambiato la pelle e fosse pronto alla muta. Era pronta ad indossare un'altra pelle, un altro punto di vista.
Dopo dieci minuti si avvolse nell'accappatoio e riaprì la porta.

"It's wonderful, as always, Enrico! Thank you for your fantastic hospitality!"
Enrico beamed and, smiling, took small steps backward to exit the room silently.
"Do you like it?"
"Yes, of course."
A heavy silence fell.
"Please, go to the bathroom first and use the bed."
"Thank you."
Giovanna took the small toiletry bag and headed into the bathroom, closing the door and starting to fill the bathtub with water.
It had been a long time.
She tossed her clothes into a corner as if a snake had shed its skin and was ready for a new one. She was ready to put on another skin, another perspective.
After ten minutes, she wrapped herself in the bathrobe and reopened the door.

Vide George che sistemava i vestiti scelti sulle lenzuola candide del letto.

Erano tre abiti. Il bagliore della seta costosa attrasse immediatamente la sua attenzione.

«Sono bellissimi…io non credo di potere…»

«Allora vai in accappatoio a cena…mi fai mostrare quello che ho scelto per te?»

«Sì ti prego, me li racconti?»

«Il primo è di chiffon verde acqua marina, si stringe in vita e al collo ma lascia la schiena nuda. La gonna a plissè fino al ginocchio. Ho preso questi tacchi con i cinturini di swaroski. Molto belli. Sai camminare con questi? Speriamo…»

«Non tanto…mi reggo al tuo braccio»

«Poi questo rosso!

She saw George arranging the selected clothes on the pristine bed sheets.

There were three outfits. The gleam of expensive silk immediately caught her attention.

"They are beautiful... I don't think I can..."

"Then go to dinner in your bathrobe... Would you like me to describe what I've chosen for you?"

"Yes, please, tell me about them."

"The first one is aquamarine chiffon, it cinches at the waist and neck but leaves the back bare. The pleated skirt goes down to the knee. I got these heels with Swarovski straps. Very beautiful. Can you walk in these? Hopefully..."

"Not so well... I'll rely on your arm."

"And then this red one!

Da vera diva, con lo scollo sul seno, senza spalline e lungo fino alle caviglie con un lungo spacco centrale. Molto audace. I tacchi sono questi, li ho voluti neri di coccodrillo, altissimi, sono Prada molto esclusive. Ti ho preso anche la pochette»
«Sono senza parole»
«L'ultimo – e lo alzò – è il mio preferito. Nero come la notte, con le maniche lunghe, di velluto morbido con lo scollo tondo ma la schiena completamente nuda. Arriva stretto fino a metà coscia. Hai le gambe storte? Non sapevo. Se così, meglio di no.
I tacchi sono bellissimi, bianchi come la neve, altissimi, di pelle. Qui ti devi mettere queste perle alle orecchie. Spero tu possa»
«Posso» sussurrò.

"Like a true diva, it has a neckline plunging over the bosom, strapless, and it goes down to the ankles with a long central slit. Very daring. The heels are these, I chose black crocodile, extremely exclusive, they're Prada. I also got you a clutch bag."
"I'm speechless."
"And the last one – he lifted it up – is my favorite. Black as the night, with long sleeves, made of soft velvet, and it has a round neckline but the back is completely bare. It clings to mid-thigh. Do you have crooked legs? I didn't know. If so, maybe not. The heels are beautiful, white as snow, made of leather. You should wear these pearl earrings with it. I hope you can."
"I can," she whispered.

«Bene perché non sei tu, hai capito gioco, non sono io. E' tutto nuovo»
«Metto quello nero, il velluto sembra cambiare colore alla luce, l'effetto cangiante mi ipnotizza»
«Bene allora con questo, devi indossare solo mutandine. Io preso. Di seta nera, come non avessi, se no si vede il segno, è non è bello quando sei la più bella di tutte. Vuoi vedere?»
«Sì le mutandine mi servono. Ho con me quelle che uso sempre e non penso ti piacciano»
«No piacere a me, piacere a te…a te non piacciono»
«Sì lo ammetto sono comode, hanno un loro spazio nell'universo della lingerie, ma non stasera»
«Ok eccole»
Le porse un cofanetto chiuso da un fiocco di raso nero.

"Alright, because it's not you, you understand the game, not me. It's all new."
"I'll go with this one, the black velvet seems to change color in the light, the iridescence is hypnotic." "Great, then with this one, you should only wear panties. I've got them, in black silk, so it's as if you're not wearing any. Otherwise, you can see the lines, and it's not nice when you're the most beautiful of all. Do you want to see them?" "Yes, I need the panties. I have the ones I always wear with me, and I don't think you'll like them." "It's not about pleasing me, it's about pleasing you... and you don't like them." "Yes, I admit they're comfortable, they have their place in the universe of lingerie, but not tonight.""Alright, here they are."
He handed her a box tied with a black satin ribbon.

«Sono qui dentro. Ora vai bagno e indossi tutto, poi siedi e aspetti me che indosso tutto»
«Ok»
Appoggiò il cofanetto sul lavandino, lo aprì e rimase esterrefatta dall'impalpabile bozzolo di seta e pizzo. Lo indossò. I peli spuntarono ai lati dello slip.
Si vergognò.
Aprì un pochino la porta:
«George? Hai un rasoio? Per la barba…»
«No io ho rasoio elettrico. No! Tu no depilata?»
«No no fa niente, ti prego»
«Aspetta Giovanna! Ci penso io, chiedo Enrico aiuto» urlò lui.
Giovanna si guardò ancora allo specchio, vedeva una persona totalmente estranea, una figura dalle sembianze femminili che forse una volta era lei.

"I'm in here. Now go to the bathroom and put everything on, then sit and wait for me to put everything on."
"Alright."
She placed the box on the sink, opened it, and was astounded by the ethereal cocoon of silk and lace. She put it on, and some hair peeked out at the sides. She felt embarrassed. She cracked the door open a bit: "George? Do you have a razor? For the beard..." "No, I have an electric razor. No! You're not shaved?" "No, it's okay, please." "Wait, Giovanna! I'll take care of it, I'll ask Enrico for help," he yelled. Giovanna looked at herself in the mirror once more, seeing a completely unfamiliar person, a figure with feminine features that maybe, once upon a time, was her.

Ora quell'immagine non corrispondeva alla sua anima. Come nel cubo di Rubrik, l'incastro era diverso, il bianco corrispondeva al giallo, in A5 non si affondava proprio niente ed era acqua, acqua dappertutto. Quella era un'estranea, destrutturata e imbarbarita, una manovale della vita, che produceva azioni e azioni ogni giorno, giorno dopo giorno, sempre uguali. Era un'estranea che aveva annullato il pensiero e azzerato l'autonomia, scivolando in una quotidianità ordinaria fatta di oppressa delusione.

Sentì un lieve bussare alla porta del bagno. Aprì lievemente la porta, vedendo comparire la mano di George con in pugno il suo trofeo, un rasoio in plastica da uomo custodito dentro una piccola busta di plastica.

Now, that image did not correspond to her soul. Like in a Rubik's Cube, the fit was different, white matched yellow, there was no sinking into A5, and it was water, water everywhere. That was a stranger, deconstructed and brutalized, a laborer of life, producing actions and actions every day, day after day, always the same. It was a stranger who had annulled thought and reset autonomy, sliding into an ordinary daily life full of repressed disappointment.

She heard a faint knock on the bathroom door. She opened the door slightly, seeing George's hand appear with her trophy, a plastic razor for men kept inside a small plastic bag.

«Usa e getta…di meglio non c'è»

«Grazie sono mortificata…non voglio sapere a chi lo hai chiesto»

«No problem, We're tight»

Sentiva la voce di George che canticchiava in sottofondo, allontanandosi dalla porta.

Urlò : «Uso il sapone? George?»

«My Dirling?»

«Uso il sapone? Come faccio?»

«Tu prima volta?»

«Sì»

«Tu mai avuto uomo?»

«No no ho avuto dei rapporti ma non ci facevano caso, penso andassi bene così»

«No no a te andava bene così, ma uomo… We dudes ain't into it, bro»

«Bro lo dice mia cugina …ma credo voglia dire che non va bene vero?»

"Use and throw... nothing better," George replied.

"Thank you, I'm mortified... I don't want to know who you asked for it," Giovanna said.

"No problem, we're tight," George reassured her.

Giovanna could hear George humming in the background as he moved away from the door.

She shouted, "Do I use soap? George?"

"My darling?"

"Do I use soap? How do I do this?"

"Your first time?"

"Yes."

"You never had a man?"

"No, I've had some relationships, but they didn't care, I guess I was fine as I was."

"No, no, it was fine for you, but for a man... we dudes ain't into it, bro."

"Bro is what my cousin says... but I think it means it's not good, right?"

«Credo che tu debba… To ghost or to disappear…in italiano…fare muta, sai come animali. Noi siamo animali. Tu devi cambiare pelliccia. Mettere un'altra pelle. Come cani e gatti. Oppure come serpenti. Oppure come the hermits, come si dice piccole conchiglie con le gambette. Loro perdono guscio e fanno nuovo guscio per crescere»
«Sì sì ho capito, ho capito»
«No io credo tu non hai capito. Tu hai accontentato tua vita perché visto sempre così. Tua mamma, tua nonna, forse tuo padre assente e tu piccola bambina che ha visto sofferenza e privazione, tutti i giorni, ha visto che uomo e donna devono lavorare in silenzio e vivere vita mediocre perché sono sfortunati. Ma non è sfortuna, si chiama rassegnazione. Limite di mente umana»

"I think you should... 'To ghost' or 'to disappear'... in Italian... to molt, you know like animals. We are animals. You need to change your fur. Put on another skin. Like dogs and cats. Or like snakes. Or like the hermits, how do you say little shells with tiny legs. They shed their shell and make a new one to grow."
"Yes, yes, I understand, I understand."
"No, I believe you haven't understood. You settled for your life because you've always been seen that way. Your mother, your grandmother, maybe your absent father, and you, a little girl who saw suffering and deprivation every day, saw that men and women must work in silence and live a mediocre life because they are unlucky. But it's not bad luck, it's called resignation. A limit of the human mind."

«Senti uso il sapone, giusto?»

«Sì tu usa sapone e togli orribile pelliccia»

Venti minuti dopo Giovanna aprì la porta del bagno, ormai era sera inoltrata.

George la fissò completamente sprofondato nella poltrona in pelle, le mani congiunte all'altezza della bocca.

«Tu ora bella. Io posso cenare con te»

Si alzò velocemente dalla poltrona, ghermì la trousse e si diresse rapidamente nel bagno.

«Se io trovo tuoi peli, tu non mangi»

Giovanna rise, era una bella risata di sollievo.

«Ho lasciato tutto in ordine, come sto? Non mi hai fatto nessun complimento…»

«Tu vanitosa, non mangi»

La porta si chiuse.

"You know, do I use soap, right?"

"Yes, you use soap and get rid of that horrible fur."

Twenty minutes later, Giovanna opened the bathroom door. It was late evening by now.

George stared at her, completely absorbed in the leather armchair, his hands covering his mouth.

"You look beautiful now. I can have dinner with you."

He quickly got up from the chair, grabbed the toiletry bag, and headed into the bathroom.

"If I find any of your hairs, you won't eat."

Giovanna laughed, a relieved and happy laugh.

"I left everything in order. How do I look? You didn't compliment me..."

"You're vain. But you can eat now." The bathroom door closed.

L'acqua della vasca cominciò a scrosciare.

«Tuo odore di sesso qui, super cringy, man»

«Smettila…non ho fatto niente lì dentro, è stato faticosissimo anzi!»

«Fatica vedere donna con cappotto a primavera»

«Smettilaa!!»

«Io fare bello! Leveling up to become a mega hottie!»

«Non capisco, non ti ascolto!» Giovanna si stava rilassando, era un gioco intimo gradevole. George spalancò la porta del bagno, nudo con indosso un piccolo asciugamano appoggiato malamente alla vita. «TA TAMM»

Giovanna lo fissò a bocca aperta, l'acqua sgocciolava sul parquet, i capelli bagnati erano riportati indietro malamente e ricadevano in piccoli riccioli gocciolanti sul volto di lui.

"The bathwater started splashing."

"Your post-sex smell here, super cringy, man."

"Stop it... I didn't do anything in there, it was really hard work, actually!"

"It's hard to see a woman in a coat in spring."

"Stop it!!"

"I'm making myself look good! Leveling up to become a mega hottie!"

"I don't understand, I'm not listening to you!" Giovanna was relaxing; it was an enjoyable intimate game.

George flung the bathroom door wide open, naked with a small towel haphazardly wrapped around his waist. "TA TAMM."

Giovanna stared at him with her mouth wide open. Water was dripping on the parquet floor, his wet hair was sloppily pulled back and dripping in small curls onto his face.

Il petto ricoperto di peluria grigio bionda era abbronzato, la linea dei pettorali ben definita formava due archi convessi che si riunivano armoniosamente con le curve dei bicipiti e degli avambracci tesi in un sforzo di pressione che partiva dai pugni stretti rivolti all'interno e paralleli perfettamente gli uni agli altri. L'addome era lievemente prominente, l'ombelico teso nello sforzo della pelle per poi appianarsi verso il pube dove la peluria si densificava.

«Io forte!»

«Copriti!»

George fece qualche passo verso di lei, ridendo e mantenendo tesi i bicipiti.

«Tu vuoi sentire uomo forte?»

His chest, covered in gray-blond fuzz, was tanned, and the well-defined pectoral muscles formed two convex arches that harmoniously connected with the curves of the tense biceps and forearms, which were pressed together in an effort, with clenched fists turned inward and perfectly parallel to each other. The abdomen was slightly prominent, the navel stretched under the strain of the skin before flattening towards the pubic area where the hair became denser.

"I am strong!"

"Cover up!"

George took a few steps toward her, laughing, and flexing his biceps.

"Do you want to feel a strong man?"

«Nooo copriti!» e voltò lo sguardo ostinatamente verso il comodino. Lui alzò le sopracciglia umide, stirando il labbro inferiore.
«Tu vergogna? Mai visto uomo?»
«Per favore copriti! Non mi interessa!»
«Io devo vestire»
«Vai in bagno»
«Miei vestiti qui»
«Porta i tuoi vestiti in bagno con te»
«Io devo scegliere miei vestiti e in bagno odore tuo sex»
«Esco ok, vestiti e ti aspetto giù»
«Io tolgo asciugamano…»
Giovanna arrancò alla porta, annaspando sui tacchi altissimi.
Richiuse rumorosamente, dietro la risata di lui, potente, la raggiunse.
Il cuore le batteva forsennatamente in petto.

"No, cover up!" She stubbornly turned her gaze towards the bedside table. He raised his damp eyebrows, curling his lower lip.
"Are you embarrassed? Never seen a man before?"
"Please, cover up! I'm not interested!"
"I have to get dressed."
"Go to the bathroom."
"My clothes are here."
"Take your clothes with you to the bathroom."
"I have to choose my clothes, and in the bathroom, there's your... uh, scent." "I'm leaving, okay? Get dressed, and I'll wait for you downstairs."
"I'm taking off the towel..."
Giovanna limped to the door, struggling in her high heels. She closed it loudly, accompanied by his hearty laughter. Her heart was pounding in her chest.

Sorrise però, che bella sensazione divertirsi con nulla, essere desiderate.
Era desiderata?
Le venne il dubbio. Forse George scherzava davvero, forse voleva solo trascorrere una vacanza spensierata e l'occasione di rompere la monotonia era data dalla piacevole coincidenza di lei presente nel viaggio. Forse era davvero impossibile levarsi di dosso una pelliccia così spessa e radicata.
Fu tentata di rientrare.
No, era una follia.
Forse aveva dimenticato qualcosa.
E cosa poteva aver dimenticato? Suo figlio.
Ecco aveva dimenticato di telefonare a Marco.
Il cellulare era rimasto in stanza.
Gli avrebbe dato dieci minuti e sarebbe rientrata.
Senza bussare, ecco.

She smiled, enjoying the feeling of having fun with nothing, of being desired. But was she truly desired? Doubts crept in. Perhaps George was just joking, perhaps he simply wanted to enjoy a carefree vacation and the opportunity to break the monotony was provided by the pleasant coincidence of her presence on the trip. Maybe it was indeed impossible to shed such a thick and deeply ingrained skin. She was tempted to go back inside. No, it would be madness.

What could she have forgotten? Perhaps she had forgotten something. And what could she have forgotten? Her son. That's it, she had forgotten to call Marco.
Her cell phone was still in the room. She'd give it ten more minutes and then she would return. Without knocking, that is.

Non aveva l'orologio.
Battezzò un tempo ipotetico e rientrò.
Mise la testa dentro la porta socchiusa.
«George? Posso?»
«MMM»
«Posso prendere il telefono?»
«Tu scappata»
«Sì, posso entrare? Ho dimenticato il telefono»
Non rispondeva, mise tutta la testa dentro e una gamba.
George era in piedi di fianco al letto, si stava pigramente allacciando i bottoni della camicia bianca.
Giovanna si avvicinò.
Con i tacchi gli arrivava alle spalle.
«Sono bello?»
«Sì, sì molto! Sei elegante e molto molto sexy»
«Ahhh ti piaccio!»
«No, voglio essere gentile, sei troppo vecchio per me»

She didn't have a watch. She estimated some hypothetical time and then went back inside. She stuck her head through the partially open door.
"George? May I come in?"
"MMM."
"May I get my phone?"
"You ran away."
"Yes, may I come in? I forgot my phone."
He didn't respond. She pushed the door open wider and entered. George was standing beside the bed, leisurely buttoning up his white shirt. Giovanna approached him. In her high heels, she came up to his back.
"Do I look good?"
"Yes, very much! You look elegant and very, very sexy." "Ahhh, you like me!"
"No, I want to be polite. You're too old for me."

«Prendi telefono, vuoi chiamare polizia?»

«No no mio figlio, mi sono dimenticata…dovrei chiamarlo, prima che vada a dormire»

«Fai!»

«Ok, grazie, davvero, io scusa, sei davvero bello, stai bene voglio dire con la camicia bianca così e i pantaloni di cotone, cioè io non mi intendo di come vanno vestiti i ricchi però mi sembri uno serio, un ricco serio»

«Tuo discorso è disastro come tuo sex»

«Ok, sì hai ragione sono un disastro. Non so comportarmi, non so vestirmi, ho dimenticato che sono una donna e che ho dei bisogni, è vero, hai ragione. Volevo ringraziarti per questo»

«No colpa mia»

"Take your phone. Do you want to call the police?"

"No, no, my son. I forgot... I should call him before he goes to bed."

"Go ahead."

"Okay, thank you, really. I'm sorry. You look really handsome, I mean, I don't understand how rich people are supposed to dress, but you seem like a serious one, a serious rich person."

"Your talk is as much a disaster as your sex."

"Okay, yes, you're right. I'm a disaster. I don't know how to behave, I don't know how to dress, I forgot that I'm a woman and that I have needs, it's true, you're right. I wanted to thank you for this."

"No, my fault."

«No beh, no no la colpa è mia, certo, volevo ringraziarti per avermi dato i vestiti e tutto questo, la tua compagnia, la tua compagnia spiritosa appunto. Non sei vecchio»
«Vuoi bacio?»
«No, oh no, no, no io non pensavo. No, grazie»
«Allora perché fai tutte moine, moine? Como es? You're messing around or playing tricks»
«Io? No no per educazione…credo»
«Tu Giuda. No es educata»
«Oddio! Davvero? Mi paragoni a Giuda? Oddio? Davvero?»
Lui rise fragorosamente, portandosi le mani al volto.
«Giovanna…tu perfetta! Tua faccia …» e rise ancora.

"No, well, no, it's my fault, of course. I wanted to thank you for giving me the clothes and all of this, your company, your witty company, actually. You're not old."
"Do you want a kiss?"
"No, oh no, no, no, I didn't think... No, thank you."

"So why are you making all these gestures, gestures? Como es? You're messing around or playing tricks."
"Me? No, no, it's just politeness... I think."
"You, Judas. Not polite."
"Oh my! Really? You're comparing me to Judas? Oh my! Really?"

He laughed loudly, covering his face with his hands.

"Giovanna... you're perfect! Your face..." and he laughed again.

Giovanna non riusciva a chiudere la bocca e a togliersi quell'aria esterrefatta dal viso, come se fosse entrata nella sfera del sempre e del tutto e dell'inimmaginabile che si realizzava davanti a lei. Come se la muta di George fosse di spensieratezza e gioco, di facezia e semplicità. Da cosa si spogliava, lui? Lui che era perfetto.

«Mio pancino ha fame, andiamo»

Giovanna couldn't close her mouth or remove that astonished look from her face, as if she had entered the realm of the eternal and the all-encompassing, where the unimaginable was unfolding before her. It was as if George's transformation was shedding light on carefreeness, playfulness, jest, and simplicity. What was he stripping away from himself? He, who seemed perfect.

"My tummy is hungry, let's go," he said.

CAPITOLO SETTIMO

La sala era illuminata dalle candele, con soffitti di mattoni rettangolari a volta di un caldo color terra di siena, travi di legno antico alle pareti, anticato e tenuto al grezzo del suo stato per esaltarne il calore e la pienezza delle forme.

Il pavimento era un incastro sapiente di listoni di legno mogano, scuri e intensi, volutamente sconnessi gli uni agli altri, come se fossero state appoggiate da Dio per camminarci sopra.

La luce delle candele ovattava l'atmosfera come in un utero materno dalle pareti morbide e crepuscolari, opache e lattiginose.

CHAPTER SEVEN

The room was illuminated by candles, with rectangular brick ceilings in a warm sienna color, antique wooden beams on the walls, deliberately left rough and unfinished to enhance the warmth and fullness of their forms.

The floor was a clever interlocking of dark and intense mahogany wood planks, deliberately disconnected from each other, as if they had been placed there by God to walk upon.

The candlelight muted the atmosphere, creating a sensation of being inside a maternal womb with soft, twilight walls, opalescent and milky.

Tintinnii di bicchieri in sottofondo, qualche risatina sommessa e le cicale che frinivano incessantemente dal giardino vicino.

Giovanna si sedette sulla sedia scostata da George, con garbo e una nuova eleganza.

«Brava. Sei con me, ora»

Enrico si avvicinò soave, quasi lievitasse sul parquet in mogano.

«Cosa desiderate? Posso suggerirvi?»

«Agnello e patate al rosmarino e del Cabernet anno '86, rosso come la morte»

«Sempre perfetto George e per la signora?»

«Come me»

«Subito il vino, Enrico»

«Naturalmente e un piccolo antipasto della casa, crostoni e fegatini di nostra produzione»

The soft clinking of glasses in the background, some subdued laughter, and the incessant chirping of cicadas from the nearby garden filled the air. Giovanna gracefully took her seat away from George, displaying a newfound elegance. "Good. You're with me now," he said. Enrico approached gracefully, almost floating on the mahogany parquet floor. "What would you like? May I make a suggestion?" "Lamb and rosemary potatoes and a 1986 Cabernet, as red as death," George replied.
"Always perfect, George. And for the lady?"
Enrico inquired. "Same as me," George responded.
"Right away, I'll bring the wine, George, and a small house appetizer, some toasted bread and our homemade chicken livers," Enrico confirmed.

«Lit! Eccellente!» e strascicò le consonanti cantilenando la nostra lingua.

Giovanna non si oppose, non avrebbe saputo ordinare, anzi era tacitamente entrata in un accordo non verbalizzato nel quale lui si sarebbe preso cura di lei, in quei giorno, dentro quella parentesi itinerante.

«Parliamo?» chiese timidamente.

«Vuoi fare la conversazione?»

«Sì credo che sarebbe educato che facessimo conversazione, io e te, per conoscerci meglio, per trascorrere la serata, come fanno gli altri»

«Aspettiamo vino. Io adesso voglio guardare bene te»

E le piazzò addosso due occhi vigili e attenti.

"Lit! Excellent!" he exclaimed, dragging out the consonants as he sang in our language. Giovanna didn't object; she wouldn't have known what to order anyway. In fact, they had tacitly entered into an unspoken agreement in which he would take care of her during those days, within that itinerant parenthesis. "Shall we talk?" she timidly asked.

"Do you want to have a conversation?" he replied.

"Yes, I believe it would be polite for us to have a conversation, you and I, to get to know each other better, to spend the evening, like others do."

"Let's wait for the wine. Right now, I want to take a good look at you," he said, fixing his watchful and attentive eyes on her.

Giovanna abbassò lo sguardo, arretrando implicitamente.
Enrico si palesò fluttuante, versò due dita di liquido color vigogna, corposo e denso con vaghi riflessi rubino, appena il liquido si depose nel bicchiere, assunse una tonalità virante al nero. George accolse il calice trattenendolo con tre sole dita dalla base tonda, roteò garbatamente, facendo prendere vita al liquido, due bollicine incresparono la sua superficie e i riflessi rubino irradiarono luce attraverso il vetro. Annusò, aspirando l'effluvio di vigna e botte, di legno e terra e mano sapiente.
«Ammaliante e poliedrico, dalle caratteristiche fortemente tanniche!» pronunciò Enrico levitando verso il bicchiere di Giovanna.

Giovanna lowered her gaze, implicitly stepping back.
Enrico appeared as if floating, pouring two fingers of a deep, dense, reddish-brown liquid into the glass. As soon as the liquid settled in the glass, it took on a shade shifting towards black. George received the glass, holding it with just three fingers by the round base. He gently swirled the wine, bringing it to life. Two bubbles formed on its surface, and the ruby reflections radiated through the glass. He sniffed, inhaling the scent of vineyards and barrels, wood and earth, and skillful hands.
"Enchanting and multifaceted, with strong tannic characteristics!" Enrico pronounced, levitating towards Giovanna's glass.

«Buona cena, signori miei cari!» e scomparve.

«MM buonissimo. Solo in Italia questo vino… come l'aria o la terra, o le donne. Solo in Italia, siete così colorate»

Giovanna stirò un sorriso.

«Se prendiamo te in London, tu diventi sbiadita, grigia. Tu sai? You dig?»

«Noi siamo creati dalla terra, dalle cellule della terra e dell'aria, siamo un insieme unito di molecole. Le molecole crescono con sole, aria, acqua che sono composte da altre molecole e tutte insieme creano interazione. Legame. Il risultato di legame italiano, è questo colore»

Giovanna assaggiò un piccolo e timido sorso di Cabernet.

"Good dinner, my dear sirs and madam!" and he disappeared.

"Very good. Only in Italy you find wine like this... like the air or the earth, or the women. Only in Italy, you all are so colorful," George commented.

Giovanna managed a smile. "We are created from the earth, from the cells of the earth and air. We are a united set of molecules. Molecules grow with sunlight, air, water, which are composed of other molecules, and all together create interaction. Connection. The result of an Italian connection is this color."

Giovanna took a small, timid sip of Cabernet.

«Il Cabernet per esempio è vino da tavola comune per voi. Ma ha tante variazioni di uva e vigneti e composizioni di formula, questo Cabernet è vino per grandi degustazioni. Ti piace?» Fece un cenno con il capo. «Tu non conosci vino, vero? Non conosci sapore. Tu mangi McDonald's e Burger King, oppure pasta al pomodoro di supermarket»
Stranamente non si sentiva offesa. Era la verità. Sospirò. «L'autista è un lavoro occasionale. Io scrivo in una chat per soli uomini, una chat porno, mi pagano per intrattenere gli uomini soli» George arretrò. Sbattè due volte le palpebre come se il suo traduttore automatico avesse ripetuto la traduzione due volte per essere certo di aver fornito l'informazione giusta.

"Take Cabernet, for example. It's a common table wine for you, but it has many grape variations, vineyards, and formula compositions. This Cabernet is wine for grand tastings. Do you like it?" He nodded. "You don't know wine, do you? You don't know the taste. You eat McDonald's and Burger King, or supermarket tomato pasta."

Strangely, she didn't feel offended. It was the truth. She sighed. "Driving is a part-time job. I chat in a men-only chat, a porn chat. They pay me to entertain lonely men." George stepped back. He blinked twice as if his automatic translator had repeated the translation twice to make sure it provided the right information.

«Fai chat porno?» sussurrò.

«Sì» non abbassò gli occhi, lo fissò diretta e impavida, aveva voluto sfidarlo, ecco vediamo se il mio colore italiano rimane ugualmente attraente.

George fece un lungo fischio, stirò gli angoli della bocca in un lungo sorriso sornione.

«Mizzicaaa» sventolando la mano destra in aria a destra e a sinistra in un unico movimento fluido.

«The Italian Bombshell» e rise ora di gusto, attirando lo sguardo interrogativo dei presenti.

«Tu sei regalo!»

Si asciugò finte lacrime con il tovagliolo, poi ripose tutto in ordine e la fissò interrogativo.

«Seriously»

«Questo l'ho capito, sì veramente.

"You do porn chat?" he whispered.

"Yes," she didn't lower her gaze, stared at him directly and fearlessly. She had wanted to challenge him. Let's see if my Italian charm remains equally attractive.

George whistled long, stretched the corners of his mouth into a sly smile.

"Mizzicaaa," waving his right hand in the air to the right and left in a single fluid motion.

"The Italian Bombshell," he laughed heartily now, drawing inquisitive looks from those around them.

"You're a gift!"

He wiped fake tears away with a napkin, then tidied everything up and looked at her questioningly.

"Seriously."

"That, I understood. Yes, seriously."

Mi pagano, guadagno circa 1200 euro al mese per 5 ore di turno al giorno»

«E cosa scrivi? Incontri anche?»

«No solo scrivo messaggi dentro un App, non compare mai il mio nome o la mia foto vera, scrivo io ma loro vedono delle avatar, delle donne finte che hanno tutte un'identità inventata»

«Questo è il futuro!»

«Ci sono molti clienti, loro comprano un gettone a messaggio e così combattono la noia, la solitudine, i matrimoni che non vanno, o quelli che vanno troppo anche»

«Certo, certo è comprensibile. Ma prima o poi vorranno vedere te, o basta messaggino e tutto sex così»

«Tutto sex così»

«Tu non li vedi mai?»

«No»

"They pay me, I earn about 1200 euros per month for 5 hours of work per day."

"And what do you write? Do you also meet them?"

"No, I only write messages within an app. My real name or photo never appear. I write, but they see avatars, fake women with invented identities."

"This is the future!"

"There are many clients. They buy a message token, and that's how they combat boredom, loneliness, marriages that aren't going well, or those that are going too well."

"Of course, it's understandable. But sooner or later, they'll want to see you, or is it just messaging and all about sex?"

"All about sex."

"You never see them?"

"No."«*Tu no tocchi mai?*»

«*No*»

«*Really? You sure?*»

«Sì certo dico la verità. Non possiamo vederli o fargli credere che li incontreremo, ci possono penalizzare. Ci tolgono i guadagni, danno dei moniti. Non so se mi sono spiegata. Non è una chat per incontri vera, noi non facciamo sesso, è solo immaginazione. Io quando scrivo sono in tuta da ginnastica con la coda di cavallo…mi capisci?»

«Quindi tu non eccitata. Tu scrivi come lista spesa o come diario»

«Sì…»

«E tu orgasmo quando messaggi sono molto sex»

«No»

«Tu no orgasmo? Mai?»

«No»

«Da quanto tempo tu no orgasmo?»

«Non so, non mi ricordo…»

"Yes, of course, I'm telling the truth. We can't see them or make them believe we'll meet them; they can penalize us. They take away our earnings and issue warnings. I don't know if I've explained it properly. It's not a real dating chat; we don't have sex. It's all about imagination. When I write, I'm in workout clothes with a ponytail... do you understand?"

"So, you're not aroused. You write like a shopping list or a diary?"

"Yes..."

"And you don't orgasm when the messages are very sexual?"

"No."

"You don't orgasm? Ever?"

"I don't know, I can't remember..."

«NON MI RICORDO!!!» e scoppiò di nuovo una risata, con gli occhi spalancati per lo stupore.

«Tu con donne?» quando ebbe ripreso fiato.

«No no donne»

«Giovanna tu regalo!»

«Tu uomini? Ma uomini mai…perché?»

Il silenzio cadde.

«Io so perché! Tu non sai, io so»

«Perché?» chiese curiosa.

«Perché tu con pelliccia a giugno!» e scoppiò in un'altra risata coinvolgente, tanto che anche Giovanna stiracchiò un sorriso magnanimo.

«Ora non ho più la pelliccia»

«Ahhh! Tu volere sex?»

Giovanna osservò la candela vibrante.

«Mi sembri un po' vecchio»

«Tu hai deciso già Giovanna!

"I CAN'T REMEMBER!!!" and she burst into laughter again, with her eyes wide in amazement.

"You with women?" he asked after catching his breath.

"No, no women."

"Giovanna, you're a gift!"

"You with men? But you never... why?"

Silence fell.

"I know why! You don't know, but I know."

"Why?" she asked, curious.

"Because you wore fur in June!" And he burst into another infectious laugh, so much so that Giovanna stretched out a gracious smile.

"Now I don't wear fur anymore."

"Ahhh! You want sex?"

Giovanna observed the flickering candle.

"You seem a bit old."

"You've already decided, Giovanna!"

Tu hai deciso quando salita in macchina la prima volta, solo tu non hai capito»
Era vero. Ancora prima, in hotel a Orvieto.
Certi impulsi è impossibile che si sopiscano al punto da annullarsi.
«E tu quando hai deciso?»
«Io no deciso. Io tanti amanti, tanto sex. Tanta noia»
«Non sei sposato?»
«No»
«Non hai figli?»
«No…»
«Hai amanti? A Londra?»
«Sì in tanti posti e di tanti colori»
«Ma non sei innamorato di loro? E' solo gioco?»
«Le amo tutte. E loro amano me. Ma non amore come lo vuoi tu. Principe e Principessa che giurano legame. No questo»
«E cos'è allora?»

"You decided when you got into the car for the first time, only you didn't realize it." It was true. Even before, at the hotel in Orvieto. Certain impulses are impossible to suppress to the point of nullification.
"And when did you decide?"
"I didn't decide. I had many lovers, a lot of sex. A lot of boredom."
"You're not married?"
"No."
"You don't have children?"
"No..."
"Do you have lovers? In London?"
"Yes, in many places and of many colors."
"But you're not in love with them? Is it just a game?"
"I love them all. And they love me. But not love as you want it. A prince and princess swearing a bond. No, not that."
"So, what is it then?"

«Rispetto, affetto, stima ogni tanto, quando esiste opportunità»
«Ti annoiano?»
Lui sorrise.
«Giovanna, tutti danno noia. Forse primo giorno no, ma ultimo giorno certamente sì»
I Crostoni con un velo generoso di fegatino d'agnello vennero serviti. Invadenti ruppero la conversazione.
Masticarono assorti.
«Noi come cani adesso. Tu annusi me, io annuso te, la notte vicina. Vogliamo capire futuro da odore»
«Io vorrei capire anche il presente, se possibile»
«Presente bello! Brava! Presente è noi, adesso, a cena. Tu finalmente bella, io sempre bellissimo e tanto feeling»
«Questione di feeling…» canticchiò lei.
Lui sorrise bonario.

"Respect, affection, sometimes esteem, when the opportunity arises."
"Do they bore you?"
He smiled.
"Giovanna, everyone gets boring. Maybe not on the first day, but certainly on the last day."
The crostini with a generous serving of lamb liver arrived, interrupting their conversation.
They chewed thoughtfully.
"We're like dogs now. You sniff me, I sniff you, the night is near. We want to understand the future through smell."
"I'd also like to understand the present, if possible."
"The present is beautiful! Well done!
The present is us, now, at dinner. You're finally beautiful, and I'm always incredibly handsome, and there's so much feeling."

"A matter of feeling..." she sang. He smiled kindly.

«Tu molto bella»
Si fissarono.
«Vedi tu annusi me, io annuso te»
George aspirò l'aroma acido del vino.
Bevve un lungo sorso.
Si asciugò gli angoli della bocca con il tovagliolo in grembo, dopo aver posato educatamente il bicchiere sul tavolo.
«Tu vuoi sex?»
Giovanna si guardò attorno.
Le persone ricche sorridevano. Sorridevano anche i poveri così?
Più che poveri, i miserabili.
Quelli che non avevano alternative, né opportunità, che avevano segregato i sogni nell'oblio dei mai e anche se forse per 5 secondi erano stati gioiosi, poi certamente avevano ripagato amaramente quei momenti.
Giovanna voleva sex?

Mutants in Play

"You're very beautiful."

They locked eyes.

"You see, you sniff me, I sniff you."
George inhaled the acidic aroma of the wine. He took a long sip, wiped the corners of his mouth with the napkin in his lap, and then politely placed the glass on the table.
"Do you want sex?"
Giovanna looked around. Did wealthy people smile like this? Did the poor, or rather, the miserable, smile like this? Those who had no alternatives, no opportunities, and had relegated their dreams to the oblivion of nevers. Even if they had been joyful for five seconds, they had surely paid bitterly for those moments.
Did Giovanna want sex?

Sì voleva sex, voleva amore. Voleva una vita serena, un figlio sano, vestiti charmant, una bella macchina e la scelta e l'agio dei potenti.
Annuì con il capo, impercettibilmente.
«Ma George non può dare sex a Giovanna. Non vuole dare sex a Giovanna»
«Perché?»
«Perché tu vuoi Principe e Principessa, vuoi cavaliere e uomo solo per te, George no questo»
Giovanna era interdetta.
«Io sono un po' stanca…vorrei ritirarmi»
«No dolce? Tiramisù? O Panna cotta con more?» la suggestionò lui con dolcezza.
«No grazie. Mi gira un pochino la testa e mi si chiudono gli occhi…davvero»
«Tu triste?»
«No, solo stanca»

Yes, she wanted sex. She wanted love. She wanted a peaceful life, a healthy child, charming clothes, a beautiful car, and the choices and comfort of the powerful.
She nodded slightly.
"But George can't give sex to Giovanna. He doesn't want to give sex to Giovanna."
"Why?"
"Because you want a prince and a princess, you want a knight and a man just for you. George isn't that."
Giovanna was taken aback.
"I'm a little tired... I'd like to retire."
"No, sweetie? Tiramisu? Or panna cotta with blackberries?" he suggested gently. "No, thank you. I'm feeling a bit dizzy, and my eyes are closing... really."
"Are you sad?""No, just tired."

«Ti prego non pensare. Vivi»

Lo osservò di traverso. Era bello. Con il viso abbronzato e lievemente rugoso, con la barba bionda incolta e il sorriso candido. Con gli occhi intensi e perspicaci e i riccioli grigio biondi animati da propri sentimenti e andature.

Era bello. E accogliente. E alla fine semplice.

«Se Giovanna volesse solo sex? No Principe…no cavaliere? Cosa farebbe George?»

George si accomodò meglio sulla sedia imbottita di velluto celeste. Raccolse sé stesso e i suoi pensieri.

«Cosa fa George…cosa fa George…» mugugnò.

«Non lo sa George cosa fa» e scosse lentamente la testa.

"I beg you not to think. Live," he said.

She observed him from the corner of her eye. He was handsome. With his tanned and slightly wrinkled face, his unruly blonde beard, and his candid smile. His intense and perceptive eyes and the gray-blonde curls animated by his own feelings and movements.

He was handsome. And welcoming. And, in the end, simple.

"If Giovanna only wanted sex? No prince... no knight? What would George do?"

George settled more comfortably into the chair upholstered in celestial blue velvet. He gathered himself and his thoughts.

"What does George do... what does George do..." he muttered.

"George doesn't know what to do," she said, shaking her head slowly.

«Forse questo è un fuori programma, come quando al cinema il trailer non è esaltante e alla fine scoprì che il film è un'altra cosa. Come se ti dessero il gelato del gusto che non avevi chiesto e assaggiandolo, ti piace davvero»

«Tu Principe! Tu menti ora! Perché vuoi orgasmo, donne fanno così, dicono bugie perché vogliono soldi o sesso o entrambi e chiamano amore. Tu contrario. Tu vuoi amore e dici ok sex! Ma sempre bugia»

«Beh ti sbagli, io voglio anche i tuoi soldi. Oppure non tecnicamente i soldi ma il loro beneficio sulla mia esistenza»

«Ecco! Ora dici verità! Continua per piacere»

"Perhaps this is an unexpected turn, like when at the movies the trailer isn't exciting, and in the end, you discover the film is something else. It's like being given ice cream of a flavor you didn't ask for, and when you taste it, you really like it."

"You, Prince! You're lying now! Because you want orgasm, women do this, they tell lies because they want money or sex or both and call it love. You're different. You want love and say okay to sex! But always lie."

"Well, you're mistaken, I want your money too. Or not technically the money but their impact on my existence."

"There you go! Now you're telling the truth! Please continue."

«Sì e spero che arrivi la magia e che tu possa innamorarti di me quando mi sei sopra o dentro e ti sento pulsare. Ma so anche che appena avrai goduto, non ti ricorderai se il buco che ti sta ospitando è il mio o quello dell'ultima puttana che hai portato in Toscana»
George prese una pausa di qualche minuto, fissandola. Giovanna stava trattenendo il fiato.
«Antinori.
Domani partiamo per Cantina Antinori, in Toscana. Ho voglia di Chianti Classico, andiamo a San Casciano a Villa Antinori»
«Antinori» ripetè Giovanna automaticamente.
«Andiamo, domani sveglia alle 8.00»
«Come?»
«Tu sorda?»

"Yes, and I hope that magic comes along and you can fall in love with me when I'm on top of you or inside you, feeling your heartbeat. But I also know that as soon as you've enjoyed yourself, you won't remember whether the place hosting you is mine or that of the last person you brought to Tuscany."
George paused for a few minutes, staring at her. Giovanna was holding her breath.
"Antinori. Tomorrow, we're heading to Cantina Antinori in Tuscany. I'm craving some Chianti Classico; we're going to San Casciano to Villa Antinori."
"Antinori," Giovanna repeated automatically.
"Let's go. Tomorrow, wake up at 8:00."
"How?"
"Haven't you heard?"

Si alzò. Lui aveva già preso la porta dell'uscita e la precedeva di qualche minuto. Entrò in stanza e lasciò la porta aperta per lei.

«Tu dormire qui» indicò il letto.

«Io dormire qui» e indicò la chaise longue.

Stronzo e si slacciò la lampo del vestito. Un fremito le fece immaginare di tenere i tacchi, invece che di lanciarli agli angoli della stanza.

Lo fissò di sfuggita, era riemerso dal bagno con un decoroso pigiama a righe e deliziose pantofole di cotone bianche.

Raccolse un cuscino e si sistemò sulla chaise longue, fuoriuscendo di almeno 20 centimetri.

«Abbraccio cuscino, vedi…tu non fai toilette?»

"He stood up. He had already taken the exit door and was a few minutes ahead of her. He entered the room and left the door open for her. "You sleep here," he pointed to the bed.

"I sleep here," she indicated the chaise longue. Asshole, she thought, as he unzipped his dress. A shiver made her imagine holding onto her heels instead of throwing them to the corners of the room. She glanced at him briefly; he had reemerged from the bathroom in a decent striped pajama and delightful white cotton slippers. She grabbed a pillow and settled herself on the chaise longue, extending at least 20 centimeters over the edge.

"Hugging the pillow, you see... you don't do any grooming?"

Spense la luce centrale per lasciare una piccola abat-jour accesa.

Giovanna lo fissò.

Abbassò leggermente la manica destra e la fece passare per la mano, togliendola completamente. Poi abbassò la manica sinistra, facendo fuoriuscire un seno candido dal corpetto del vestito.

Il capezzolo all'aria si inturgidì puntiglioso.

Fece scivolare anche l'altra manica.

Abbassò il vestito. Liberò entrambi i seni.

Fece passare il vestito dalle gambe, prima la destra, poi elegantemente la sinistra e lo lanciò raggomitolato sul letto.

Si incamminò con i tacchi verso il bagno. Aprì la porta e la luce che beffarda la inquadrò totalmente nella sua nudità.

She turned off the central light, leaving a small bedside lamp on. Giovanna stared at him. She lowered her right sleeve slightly, sliding it down her hand and removing it completely. Then, she lowered the left sleeve, revealing a pale breast from the dress's bodice. The exposed nipple hardened noticeably.

She slid off the other sleeve. Lowering the dress, she freed both breasts. She let the dress slip down her legs, first the right, then gracefully the left, and tossed it crumpled onto the bed.

She walked with her heels towards the bathroom, opened the door, and the mocking light framed her completely in her nudity.

Il perizoma evidenziava le sue natiche piccole e le due piccole fossette del fondo schiena.

Si girò di tre quarti. Il profilo del seno e del suo capezzolo turgido si stagliarono alla luce come dividessero le ombre in un profilo erotico di impensabile seduzione.

«Tu lavi denti con scarpe?» Giovanna richiuse la porta del bagno dietro a sé.

Dopo qualche minuto la riaprì.

Si diresse verso il letto. La luce dell'abat-jour era spenta.

Il buio era lunare.

Scostò le coperte, si sedette sul letto. Tolse i tacchi e si stese.

La coperta era profumata di lavanda, di un cotone spesso e confortevole. Il cuscino morbido come i guanciali di piuma d'oca.

The thong highlighted her petite buttocks and the two small dimples at the base of her spine. She turned three-quarters around. The profile of her breast and its turgid nipple stood out in the light, as if they were carving shadows into an erotically seductive silhouette.

"Do you brush your teeth with your shoes on?" she asked. Giovanna closed the bathroom door behind her. After a few minutes, she reopened it.

She made her way to the bed. The light from the bedside lamp was off. The room was in lunar darkness. She pulled back the covers, sat on the bed, removed her heels, and lay down. The blanket smelled of lavender, made of thick, comforting cotton. The pillow was as soft as goose feather pillows.

Il lusso le portava conforto e benevolenza, era una carezza rassicurante e il sonno la prese mentre cercava di decifrare il respiro di George.

Luxury brought her comfort and benevolence; it was a reassuring caress.
Sleep overtook her as she tried to decipher George's breathing.

CAPITOLO OTTAVO

CHAPTER EIGHT

Si sentiva protetta e dolcemente cullata. La notte era silenziosa e mite. La luna entrava pacificamente nella stanza per rasserenare gli animi inquieti. Una mano le prese la vita e la spostò avvicinandola. Era George, era venuto nel letto insieme a lei. Assopita e sorpresa si ricordò di essere nuda.

L'alcol era evaporato, rimaneva l'intima consapevolezza di essere estranei confusi in un letto.

George la voltò e si accomodò contro il suo fianco, continuando a tenerla per la vita.

«Sssttt» le sussurrò.

Giovanna trattenne il fiato. Lui avvicinò ancora il volto al collo di lei, annusò profondamente il suo profumo.

She felt protected and gently rocked. The night was quiet and mild. The moon entered the room peacefully, soothing restless souls. A hand grasped her waist and moved her closer. It was George; he had come into bed with her. Drowsy and surprised, she remembered being naked.

The alcohol had evaporated, leaving behind the intimate awareness of being confused strangers in a bed. George turned her and nestled against her side, still holding her at the waist.

"Sshhh," he whispered to her. Giovanna held her breath. He moved his face closer to her neck, deeply inhaling her scent.

«Dormi» le sue labbra contro il suo orecchio.

Il cuore le martellava nel petto, la pelle viva recepiva ogni sensazione e la amplificava crudele.

Sospirò a fondo per calmarsi.

La mano non si spostò dal suo ventre e la trattenne tutta la notte.

Giovanna si addormentò, vinta dal sonno nell'invincibile immobilità di lui.

Percepiva la sua eccitazione premuta sulla natica che pian piano si rilassò per lasciare il passo a un tenue e monotono russare.

Il giorno li attendeva, la nudità li avrebbe superati per attenderli nel regno dell'amorevolezza.

"Sleep," his lips against her ear. Her heart pounded in her chest; her sensitive skin absorbed every sensation and cruelly amplified them. She sighed deeply to calm herself. His hand didn't move from her belly and held her all night.

Giovanna fell asleep, succumbing to sleep's invincible stillness. She felt his excitement pressed against her buttock, which slowly relaxed to give way to a faint and monotonous snoring.

The day awaited them; nudity would surpass them to await them in the realm of tenderness.

Alle prime luci dell'alba, George le accarezzò la schiena e le cosce, le spalle e le natiche, annusò i suoi capelli e il suo collo, ebbro di umori e sentimenti. Ebbro di una vita che sembrava monotona, eppure in un attimo era ritornata viva.

Lei si girò con la pancia contro il materasso, appoggiando il volto al bordo del cuscino, aprendo le braccia distesa.

Accarezzò le morbide mani, gli avambracci, il polso ossuto e delicato. Lisciò il fianco morbido e sinuoso e scostò i capelli dal volto perché non si svegliasse.

Alle prime luci dell'alba, la vide indifesa e addormentata in un letto di cotone bianco.

At the first light of dawn, George caressed her back and thighs, her shoulders and buttocks, he smelled her hair and her neck, intoxicated with moods and emotions. Intoxicated by a life that seemed monotonous, yet in an instant had come back to life.

She turned onto her stomach, her face resting on the edge of the pillow, arms outstretched. She stroked his soft hands, his forearms, the bony and delicate wrist. She smoothed his soft, sinuous side and brushed the hair away from his face so he wouldn't wake up.

At the first light of dawn, he saw her defenseless and asleep in a bed of white cotton.

Come una bambola, come una bambina, con la bocca lievemente aperta per respirare nel sonno della notte, con una piccola lacrima che increspava le ciglia ancora truccate.

Poi si girò a fissare il soffitto. Contò le ombre e immaginò i contorni, creò figure ed equazioni simmetriche per la simmetria che avrebbe desiderato. Ma tacque. Ma restò immobile. Ma attese il giorno. Poi si alzò e lasciò la morbidezza del letto.

Qualche ora dopo Giovanna si svegliò. Un accappatoio l'attendeva su una sedia di fianco al letto.

Si ricordò della sua nudità. Le ciabatte al bordo del letto, composte nell'attesa di lei.

Una rosa bianca giaceva sul comodino.

Di fianco un bigliettino scritto con una penna rossa.

Like a doll, like a child, with her mouth slightly open for breathing in the night's sleep, with a small tear that wrinkled her still-made-up eyelashes. Then she turned to gaze at the ceiling. She counted the shadows and imagined the outlines, creating symmetrical figures and equations for the symmetry she desired. But she fell silent. But she remained motionless. But she awaited the day. Then she got up and left the softness of the bed.

A few hours later, Giovanna woke up. A bathrobe awaited her on a chair next to the bed. She remembered her nudity. Slippers were at the edge of the bed, neatly arranged in anticipation of her. A white rose lay on the nightstand. Beside it, a little note was written with a red pen.

«Fai colazione io aspetto in giardino»

George era adagiato su una poltrona del giardino. Si teneva con una mano, la fronte.

«Sono pronta»

«Stavo facendo riposino» si stiracchiò. «Hai bevuto il caffè?» «Sì ma se vuoi te ne porto un altro. Americano?»

«No, terribile!» «Hai riposato? Io credo che tu abbia dormito con me, è vero?» Lui allargò le labbra in un grande sorriso.

«Tu uomo!» «Come?» rispose spiazzata Giovanna. «Solo uomo fa domanda così subito senza caffè!» «Allora?» «Sì io stato con te nel letto. No dormito. Eri troppo charmant e io vecchio, fatto carezze, sentito odore capelli, baciato tua pelle mentre dormivi. Ma no sex. Anzi io molto stanco»

«Grazie, ti porto il caffè. Con lo zucchero?»
«No nero, come sofferenza mia» e sorrise.
«Tu molto bella»
Giovanna si tuffò nell'azzurro dei suoi occhi, le sembrò di tuffarsi da una scogliera a picco in un mare blu, ondoso, spumoso, salmastro. Le sembrò che il vento le scompigliasse i capelli e l'aria le portasse la fragranza azzurra del cielo a primavera, terso e intenso di colore, saturo di umidità pronta a esplodere. Le sembrò che le nuvole facessero spazio al blu dei suoi desideri vaghi e meditabondi, blu di melodia, blu di amorevole sentore, blu di guardinga poesia e blu come i suoi occhi in quel momento alla luce del giardino fiorato, nell'ombra del parasole bianco e blu.
«Ti porto il caffè»

"Thank you, I'll bring you the coffee. With sugar?"
"No, black, like my suffering," he smiled.
"You're very handsome."
Giovanna dove into the blue of his eyes. It felt like diving off a steep cliff into a blue sea, wavy, foamy, briny. It felt like the wind tousling her hair, and the air carrying the blue fragrance of a spring sky, clear and intensely colored, saturated with impending humidity. It seemed like the clouds were making way for the blue of her vague and contemplative desires, blue like a melody, blue with a loving scent, blue like cautious poetry, and blue like his eyes at that moment in the light of the flowery garden, under the shade of the white and blue parasol.

"I'll bring you the coffee."

Ti amo.
«Tu solo jeans e maglietta? Come bambina a scuola? Con Converse?»
Si allontanò, mostrandogli le natiche fasciate dai jeans scolastici.
La sua risata la raggiunse.
«Forse bambine a scuola molto intelligenti»
In macchina l'abitacolo della Bentley era diventato decisamente piccolo.
Stranamente il giorno assolato li riportava a una realtà congrua e benefica, erano in viaggio, in vacanza, attraverso l'Italia delle colline dolci e verdi, dell'uva succosa e della pietra rosata.
«Cosa racconti nella chat ai tuoi uomini?» George le sfiorò la mano, adagiata suo cambio automatico della Bentley.

I love you.

"You're just jeans and a t-shirt? Like a schoolgirl? With Converse?"

She stepped away, showing him her buttocks encased in schoolgirl jeans.

Her laughter reached him.

"Maybe schoolgirls are very intelligent."

Inside the Bentley, the cabin had become quite small. Strangely, the sunny day brought them back to a fitting and blissful reality. They were on a journey, on vacation, through the Italy of gentle green hills, juicy grapes, and pink stone.
"What do you tell your men in the chat?" George brushed her hand, resting on the Bentley's automatic gear shift.

Giovanna trasalì ma tenne la mano ferma, chiedendo teneramente ad ogni sua cellula di carpire il calore dei polpastrelli di George. La sua attenzione era ferma e motivata.

«Vuoi prenderti gioco di me?» «Sono curioso»

Giovanna si sistemò meglio al posto di guida.

«Scrivono uomini sposati o soli, o anziani. Sinceramente anche qualche ragazzo, mentendo sull'età»

«Cosa scrivono?»

«Inizialmente loro vedono un profilo con delle foto osè, hard per intenderci. Seni scoperti, bellone bionde che lanciano sguardi sensuali all'obiettivo. I profili delle ragazze sono tutti inventati, generalmente scrivono che cercano avventure, amicizie, relazioni poco serie e che occupino il loro tempo.

Giovanna flinched but kept her hand steady, gently urging every cell in her body to capture the warmth of George's fingertips. Her attention was firm and motivated.

"Are you making fun of me?" she asked.

"I'm curious," George replied.

Giovanna settled into the driver's seat more comfortably.

"Married or single men write, even some younger ones, lying about their age," she explained.

"What do they write?"

"At first, they see a profile with some explicit photos, hardcore, to be clear. Topless, beautiful blondes giving seductive looks to the camera. The girls' profiles are all fake. Generally, they write that they're looking for adventures, friendships, not-so-serious relationships, and something to occupy their time.

"E naturalmente sono bellissime e hanno nomi seriamente sensuali, il mio ad esempio, era Samantha»
«Samantha…Giovanna»
«I liked It Giovanna!»
«Sì beh ma è un nome comune adatto a una persona normale che fa un lavoro normale, veste in modo normale e generalmente non mostra i seni così …»
«Posso dire che Giovanna no normale, no lavoro normale, e fa vedere seni…»
«Ok ok ma è un caso, una cosa speciale!»
«Ahhh io speciale?»
«No non tu, forse il vino, o la vacanza o entrambi»
«Io dispiaciuto, pensavo io speciale»
«E così loro scrivono che hanno bisogno di compagnia, di tempo dedicato e pagano le attenzioni con gettoni da un euro a messaggio»
«WOW un business perfetto!»

"And, of course, they're incredibly beautiful and have seriously . sensual names. Mine, for example, was Samantha."
"Samantha... Giovanna."
"I liked it, Giovanna!"
"Well, yes, but it's a common name suitable for a regular person with a normal job, who dresses normally, and generally doesn't display her breasts like..."
"Can I say Giovanna not normal, not normal job, and shows breasts..."
"Okay, okay, but it's an exception, something special!"
"Ah, I'm special?"
"No, not you, maybe the wine or the vacation, or both."
"I'm sorry; I thought I was special."
"So, they write that they need companionship, dedicated time, and they pay attention with one-euro tokens per message."
"Wow, a perfect business!"

«Tu vieni pagata quanto?»

«0,10 centesimi a messaggio»

«Very Good!»

«No beh…è comodo, posso farlo la sera quando Marco dorme, mi apro una birra e scrivo porcherie a questi uomini soli»

«A te piace? Ti ecciti?»

«No, in genere, no. Alcuni sono proprio disperati, è difficile eccitarsi per qualcosa che trovi un po' depravato»

«Ma devi scrivere di sesso?»

«Sì, un pochino spinto, senza proprio essere volgare, altrimenti vieni moderata»

«Ahh loro leggono tuoi messaggi?»

«Certamente hanno un filtro di controllo con alcune parole chiave inserite.

"How much do you get paid?"

"10 cents per message."

"Very good!"

"Well, it's convenient. I can do it in the evening when Marco is asleep, crack open a beer, and write dirty things to these lonely men."

"Do you like it? Does it excite you?"

"No, not usually. Some of them are really desperate; it's hard to get excited about something that seems a bit depraved."

"But do you have to write about sex?"

"Yes, a bit explicit, but not overly vulgar, otherwise it gets flagged."

"Oh, they read your messages?"

"Yes, they definitely have a control filter with certain keywords.

Per esempio non possiamo dire il nostro nome vero, non possiamo prendere appuntamento o fornire il nostro indirizzo, non possiamo dare il nostro numero di telefono, né farci dare soldi. Non possiamo usare parole molto spinte, deve essere una chat di intrattenimento, non una chat troppo erotica»

«Ah ok, ogni lavoro è difficile»

«Sì e se non scrivi 75 caratteri, vieni moderata, non puoi inserire faccine o foto, devi solo indurre loro a scrivere»

«Faccine?»

«Emoticon»

George annuì.

«Tu no in turno oggi?»

Giovanna sorrise.

«Vuoi provare?»

«Io curioso, possiamo provare dopo?»

«Sì, se vuoi»

«Tu donna sì!»

For example, we can't use our real names, can't make appointments or provide our address, can't give our phone number, or ask for money. We can't use very explicit words; it should be an entertainment chat, not overly erotic."

"Ah, okay, every job has its challenges."

"Yes, and if you don't write at least 75 characters, you get flagged. You can't use emojis or photos, you just have to get them to write."

"Emojis?"

"Emoticons," George nodded.

"You're not working today?"

Giovanna smiled. "Do you want to try?"

"I'm curious, can we try it later?"

"Yes, if you want."

"You, as a woman, yes!"

«Sì?»

«Tu sai donna due tipi, donna sì e donna no. Tu inizialmente donna no, ora donna sì» «Capisco la differenza, ma credo sia nel contesto, alle volte rispondo sì alle volte rispondo no» « Certainly, that's how it is for the rest of the world»

«Come?» «Donna diventa sì quando morbida come coperta di lana con ammorbidente»

«Sono una coperta di lana con l'ammorbidente?»

«Donna diventa sì quando ama, quando vuole partner, quando vuole sex» «Non è vero!» «Altrimenti donna dice no. Quando donna dice sì, vuole accontentare suo partner, dice piccola bugia, dice in verità, non mi interessa questa cosa, se interessa a te, a me va bene, mi interessa che tu veda che io ora dico sì e sono donna comoda»

"You know, there are two types of women, 'yes' women and 'no' women. Initially, you were a 'no' woman, now you're a 'yes' woman." "I understand the difference, but I think it depends on the context. Sometimes I say 'yes,' sometimes I say 'no.'" "Certainly, that's how it is for the rest of the world."

"How?""A woman becomes 'yes' when she's as soft as a wool blanket with fabric softener." "Am I a wool blanket with fabric softener?""A woman becomes 'yes' when she loves, when she wants a partner, when she wants sex." "That's not true!" "Otherwise, a woman says 'no.' When a woman says 'yes,' she wants to please her partner, she tells a little lie, she says, 'I don't really care about this, if it matters to you, it's fine with me, I just want you to see that I'm saying 'yes' now and I'm comfortable"

«Come una poltrona anche?»
«Tu dici sì a tutto ora perché vuoi che io sia morbido come coperta per te»
«Sinceramente ti preferisco duro…»
«Tu donna che dice sì, stupida come capra»
George rise forte e si portò una mano alla fronte, asciugandosela dal sudore.
«Non capisco perché insisti sul fatto che sono bugiarda, io mi ritengo una donna molto sincera ed affidabile»
«Vedi! Tu ora stai facendo vedere tuo lato buono, you're showcasing your best qualities. perchè sei fiore che apre corolla. Solo che donna sempre fiore carnivoro»
«Insomma, coperta, poltrona e ora fiore carnivoro»

"Like an armchair too?"

"You say 'yes' to everything now because you want me to be as soft as a blanket for you."
"To be honest, I prefer you strong..."
"You, the 'yes' woman, as silly as a goat."
George laughed loudly and wiped his forehead with his hand, drying it from sweat.
"I don't understand why you keep insisting that I'm a liar. I consider myself a very honest and reliable woman."
"See! You're showing your good side now, you're showcasing your best qualities. Because you're a flower that opens its petals. It's just that a woman is always a carnivorous flower."
"So, a blanket, an armchair, and now a carnivorous flower."

«Quando donna dice sì, molto pericolosa. Uomo abbassa attention, comincia sua fiducia e dice sì anche lui. The ending is tragic»
«Come Romeo e Giulietta?»
«Vedi Shakespeare grande umano. Lui capire i sentimenti. Romeo aveva grande amore, ma giovane. Grande passione non può rimanere grande, perché è estasi dei sensi. Endorfina del cervello. Feromoni che tu mandi me. Se sposati, poi Giulietta fa figli, ingrassa, diventa nervosa. Dice no perché stanca, figli piangono e molti problemi. Mutuo di casa Verona, macchina si rompe, troppa pioggia o troppo sole, no sex, mai e Romeo scrive in chat a Giovanna…»

"When a woman says 'yes,' she's very dangerous. A man lets his guard down, starts trusting, and says 'yes' too. The ending is tragic."

"Like Romeo and Juliet?"

"See, Shakespeare was a great human. He understood feelings. Romeo had great love, but he was young. Great passion can't remain great because it's the ecstasy of the senses. Brain endorphins. The pheromones you send me. If they were married, then Juliet has children, gains weight, becomes nervous. She says 'no' because she's tired, the children cry, and there are many problems. The Verona mortgage, the car breaks down, too much rain or too much sun, no sex, and Romeo starts chatting with Giovanna..."

«Giulietta può fare la dieta Chetogenica, tanta ginnastica come Jane Fonda e rimanere bella con della lingerie da urlo, può prendere la baby sitter e uscire con Romeo al cinema. E mentre sono al cinema, sussurrargli all'orecchio tante porcherie, finchè l'uccellone di Romeo non brama la nostra Super bomba sexy Giulietta! Quindi a questo punto, non esistono i mutui a Verona, basta un appartamentino di 80 metri quadri in periferia, e se piove o fa caldo, è l'occasione giusta per una doccia assieme»
«Tu donna stupida! E bugiarda!»
«Voi non volete appartamentino di 80 metri quadri!

"Juliet can do the ketogenic diet, lots of exercises like Jane Fonda, stay beautiful in stunning lingerie, get a babysitter and go out to the movies with Romeo. And while they're at the cinema, she can whisper all sorts of dirty things in his ear until Romeo's big bird craves our Super Sexy Bomb Juliet! So, at this point, there are no mortgages in Verona; all they need is an 80-square-meter apartment on the outskirts, and if it rains or it's hot, it's the perfect opportunity for a shower together."

"You, silly woman! And a liar!"

"You guys don't want an 80-square-meter apartment!

Voi volete villa con piscina sul colle. Ginevra lascia Artù dopo averlo sposato e avere eredità, Lancillotto serve lei per sex, ma Castello è già suo!»

«Smettila, io non sono bugiarda, credo davvero che l'amore possa trasformarsi e durare nel tempo se entrambi accettano qualche compromesso nella coppia»

«Non è vero! Donna vuole soddisfare bisogni di suo corpo, di sua mente. Vuole casa bella, famiglia, figli belli, soldi e sex. Per ottenere piacere. Donna Italiana crede che uomo dia questo. No lei da sola. Difficile. Voi troppe favole. E quando avete uomo che lavora per voi, voi no contente ancora, perché poco sex, uomo stanco»

«Io non avuto nulla e davvero non lo dico per avere la tua pietà.

"You guys want a villa with a pool on the hill. Guinevere leaves Arthur after marrying him and inheriting, Lancelot serves her for sex, but the castle is already hers!"

"Stop it, I'm not a liar. I truly believe that love can transform and endure over time if both partners are willing to compromise in the relationship."

"That's not true! A woman wants to satisfy her body and mind's needs. She wants a beautiful home, a family, beautiful children, money, and sex. To get pleasure. Italian women believe that men provide this. Not them alone. It's hard. You have too many fairy tales. And when you have a man who works for you, you're still not satisfied because there's not enough sex, the man is tired."

"I haven't had anything, and I really don't say this to gain your pity.

Il mio compagna mi ha messa incinta, quando dall'ecografia abbiamo capito che Marco poteva avere dei disturbi, abbiamo iniziato a litigare e poi lui alla fine non ha retto e se n'è andato. Quindi vedi io non ho chiesto né avuto nulla, ma va bene così, perché ho Marco»

«Giovanna, tu persona carina, simpatica, tu fare ridere me, io davvero rido tanto con te, ma tu la regina di bugia. Tu volere bambino per tua idea di madre. Perché pensare che volere bene è volere bene a bambino, con culla, passeggino, biberon. Tu forse la prima di alcuni fratelli in famiglia. E tu non pensare che bambino tuo, avere sempre problemi in vita. E che tu no cattiva se non dare vita, tu buona e saggia. Tuo compagno forse no scappare, forse restare.

"My partner got me pregnant, but when we realized from the ultrasound that Marco might have issues, we started arguing, and in the end, he couldn't handle it and left. So you see, I didn't ask for or receive anything, but it's okay because I have Marco." "Giovanna, you're a nice, pleasant person; you make me laugh, I really laugh a lot with you, but you're the queen of lies. You wanted a child for your idea of motherhood. Because you think that loving is loving the child, with a cradle, stroller, baby bottle. Maybe you're the first of several siblings in your family. And you don't think that your child will always have problems in life. And that you're not bad if you don't give life; you're good and wise. Your partner might not have run away; he might have stayed.

Oppure scappare, ma tu giovane e cercare altro compagno»
«Stai dicendo una cosa orribile»
«Horror! Sì, vita horror festival!»
Si zittirono.
«Qual è il tuo problema?»
«Me? I'm all good, no worries!»
«Hai il problema di aver eliminato tutte le complicazioni dalla vita, le eccezioni, le sorprese e la magia che è la regina non della bugia ma delle sorprese! Vuoi controllare tutto! I sentimenti! La vita! E pensi di essere buono e bravo, anzi saggio! No sei il re del controllo, della freddezza, dell'aridità! Tu non hai il cuore, hai il traduttore automatico dei rischi, benefici!»

"Or run away, but you're young and can look for another partner."
"You're saying something terrible."
"Horror! Yes, life is a horror festival!"
They fell silent.
"What's your problem?"
"Me? I'm all good, no worries!"
"Your problem is that you've eliminated all the complications from life, the exceptions, the surprises, and the magic that's not the queen of lies but of surprises! You want to control everything! Feelings! Life! And you think you're good and wise, even. No, you're the king of control, of coldness, of aridity! You don't have a heart; you have an automatic risk-benefit translator!"

«Infatti io felice! Io tanti soldi, bel lavoro, no figli che spendono miei soldi e prendono mio tempo, no donne che chiedono attenzioni e io felice di fare mio volere»

«Non può essere felicità, quando sei costretto a trascorrere dei giorni di vacanza con un'estranea per non stare da solo»

«Io bene solo, Giovanna, tu errore, something weird, ma anche dolce, quindi io detto sì»

«Il corpo sano deve ammalarsi, altrimenti non produce gli anticorpi per combattere la malattia e di punto in bianco, muore»

«Tu vuoi me, morto? Così arrabbiata?»

«No, io ti voglio vivo e che mi dai ragione»

«Definitely not»

"Indeed, I'm happy! I have lots of money, a good job, no children spending my money and taking my time, no women asking for attention, and I'm happy to do as I please."

"It can't be happiness when you're forced to spend your vacation days with a stranger just to avoid being alone."

"I'm fine alone, Giovanna, you're mistaken, something weird, but also sweet, so I said 'yes.'"

"A healthy body must get sick; otherwise, it doesn't produce the antibodies to fight the disease and suddenly dies."

"Do you want me dead, so angry?"

"No, I want you alive and to agree with me."

"Definitely not."

«Allora adesso ci fermiamo a Cantina Antinori, ho telefonato per prenotare una stanza nel loro resort poco distante. Ci aspettano per ora di pranzo alla terrazza del ristorante Rinuccio»
«Ottimo, tu PR»
«PR ignorante come capra»
«E bugiarda…dimentichi»
«Tu PR, bugiarda come capra ignorante ma bella come Dea irraggiungibile»
«Ti piacerebbe che io fossi irraggiungibile, eh George? Sarebbe la scusa perfetta per non correre rischi ed essere al sicuro nella tua torre. Sai una volta mia madre mi raccontava la storia della Principessa rinchiusa in cima alla torre perduta e del Principe che le gridava, Sciogli i tuoi capelli, sciogli i tuoi capelli e fammi salire da te…»
«Vuoi sciolga miei capelli?»

"So, now we'll stop at Cantina Antinori. I called to reserve a room in their nearby resort. They're expecting us for lunch at the Rinuccio restaurant terrace."
"Great, you PR."
"PR, ignorant as a goat."
"And a liar... don't forget that."
"You, PR, a lying, ignorant goat, but beautiful like an unattainable goddess."
"Would you like me to be unattainable, George? It would be the perfect excuse not to take risks and be safe in your tower. You know, once my mother used to tell me the story of the Princess locked at the top of the lost tower and the Prince who shouted to her, 'Let down your hair, let down your hair, and let me climb up to you...'"
"Do you want me to let down my hair?"

«Forse è complicato, forse non è raccomandabile o consigliabile, ma sarebbe bello ed emozionante che tu sciogliessi le tue chiome, per me»

«Tu Principe? A che punto da PR capra tu diventata Principe?»

«Le migliori follie sono state compiute sull'onda del sentimento»

«Io inglese»

«Ma sei in Italia, lo hai detto tu stesso. Se prendiamo una Italiana e la trasferiamo in Germania, perde i suoi colori e si ingrigisce, perché il sole non la sfiora abitualmente, perché non si nutre del cibo italiano e non respira l'aria salata dell'Italia. E' altrettanto vero, Sherlock, che un inglese trapiantato in Italia, sia colto da follia e dismetta il suo razionalismo»

"Maybe it's complicated, maybe it's not recommended or advisable, but it would be beautiful and exciting if you let down your hair for me."

"You, a Prince? When did you go from PR goat to Prince?"

"The best follies are committed in the heat of emotion."

"But you're in Italy, you said it yourself. If we take an Italian and transplant her to Germany, she loses her colors and turns gray because the sun doesn't regularly touch her, because she doesn't nourish herself with Italian food, and she doesn't breathe Italy's salty air. It's equally true, Sherlock, that an Englishman transplanted to Italy is struck by madness and sheds his rationality."

«Tu usare mie parole contro me. Tu pericolosa»
«Vedrai, devo solo aspettare qualche giorno, e il vino, e il cibo, e l'aria assolata e dolce delle colline del Chianti, faranno il miracolo e ti toglieranno dal ghiacciaio come il mammut che hanno scongelato recentemente in Siberia»
«Io anche Mammut?»
Giovanna rise, il cancello della tenuta si stagliava di fronte a loro.
«Siamo arrivati, scendo e mi faccio aprire»
«Brava tu schiava di mammut»

"You're using my words against me. You're dangerous."

"You'll see; I just have to wait a few days, and the wine, and the food, and the sunny, sweet air of the Chianti hills will work their miracle and thaw you from the glacier, just like the mammoth they recently defrosted in Siberia."

"Am I a mammoth too?"

Giovanna laughed, and the gate to the estate loomed in front of them.

"We've arrived. I'll get out and have it opened."

"Good girl, you're the mammoth's slave."

CAPITOLO NONO

CHAPTER NINE

La terrazza era immersa nel verde delle colline di San Gimignano, circondata da ulivi e viti, ombreggiata da tendoni bianchi, sotto i quali erano allestiti venti tavoli tondi di varia dimensione. Ognuno era sapientemente apparecchiato, tovaglioli in lino ricamati, stoviglie in porcellana, bicchieri di cristallo e posate d'argento. Al centro di ogni tavolo un bouquet di rose bianche emanava effluvi dolciastri. Un libeccio gentile rinfrescava l'aria, passeri e cinciallegre cinguettavano, svolazzando di ramo in ramo, il ronzio di qualche ape operaia interrompeva il silenzio del desinare.

The terrace was nestled in the green hills of San Gimignano, surrounded by olive trees and grapevines, shaded by white awnings under which twenty round tables of various sizes were set up. Each one was elegantly set with linen embroidered napkins, porcelain dishes, crystal glasses, and silverware. In the center of each table, a bouquet of white roses emitted sweet fragrances. A gentle breeze refreshed the air, sparrows and tits chirped, flitting from branch to branch, and the buzz of a worker bee interrupted the silence of the midday meal.

Poche persone erano già accomodate ai tavoli e acquetate dal bel vedere, desinavano in silenzio, sorridendo e annuendo alla vita, agli ulivi, alla cinciallegra che cinguettava con suprema perizia di ramo in ramo, annuivano alla maestria del liquido ambrato versato nei calici, tannico e fruttato, alla delizia e alla morbidezza delle carni e dei contorni speziati sapientemente. Annuivano al sole di giugno, che terso e intenso, scaldava con i suoi raggi la pelle, irradiando vita.

«Prego Mister Hollyday, il suo tavolo è pronto, desiderate un aperitivo?»

«Signora vuole sangue di vitello»

«Non credo, una signora così charmant…seguitimi vi mostro il vostro tavolo.

A few people were already seated at the tables, hushed by the beautiful surroundings.

They dined in silence, smiling and nodding to life, to the olive trees, to the chirping tit that flitted with supreme skill from branch to branch. They nodded to the artistry of the amber liquid poured into glasses, tannic and fruity, to the delight and tenderness of the expertly spiced meats and side dishes. They nodded to the June sun, which, clear and intense, warmed their skin with its rays, radiating life.

"Please, Mister Hollyday, your table is ready. Would you like an aperitif?"

"Madam, do you want veal blood?"

"I don't think so, a lady as charming as you... follow me, I'll show you to your table."

Vi abbiamo riservato il nostro miglior posto, la visual è favolosa, si possono osservare i vigneti per kilometri in lontananza»
«Thank You!»
Si sedettero rispettosamente come predicanti in Chiesa all'omelia della domenica.
«Subito il Brunello!»
«Certo Mister e lo accompagnamo con una garbata insalatina di rucola, invidia e ravanelli del nostro orto»
«Tu occhiali in tua borsa per fare sport?»
«No, non li posseggo, vuoi dire occhiali da sole?»
«Tu prendi miei» e le porse dei Ray-Ban vintage con la montatura dorata dentro alla loro custodia in pelle di montone invecchiata.
«Tu pulire lenti»

"We've reserved our best spot for you, the view is fabulous, you can see the vineyards for kilometers in the distance."

"Thank you!"
They sat respectfully, like parishioners in church during Sunday sermon.
"Bring the Brunello right away!"
"Of course, sir, and we'll pair it with a delightful salad of arugula, envy, and radishes from our garden."
"Do you have sports glasses in your bag?"
"No, I don't have any, do you mean sunglasses?"
"You can take mine." He handed her a pair of vintage Ray-Bans with a golden frame inside their aged sheepskin case.

"You clean the lenses."

Riprese la custodia, ne estrasse gli occhiali, divaricò le stanghe e con una piccola salvietta, sfregò con movimenti rotatori entrambe le lenti. Poi ripose la salvietta, chiuse la custodia e le porse gli occhiali aperti.

«Io cura»

Giovanna li indossò, erano confortevoli con le lenti azzurrate, un filtro per la luce, per il sole, per le parole, che non arrivassero dritte al cuore, ma si fermassero alle lenti.

«Per guadagnare soldi, ci vuole cura. Cura in particolare. Studio, impegno. Poi quando guadagno, compri gadget. Gadget parla di tuo impegno. Più gadget costoso, più tuo guadagno. Quindi tu cura ogni gadget, perché rappresenta tuo modo di pensare business. Mio business è pensato.

She took the case, removed the glasses, spread the arms, and with a small cloth, she rubbed both lenses in circular motions. Then she put away the cloth, closed the case, and handed him the open glasses. "I take care."Giovanna put them on; they were comfortable with their blue-tinted lenses, a filter for light, for the sun, for words, so they wouldn't go straight to the heart but stop at the lenses. "To earn money, you need care. Care, in particular. Study, commitment. Then when you earn, you buy gadgets. Gadgets speak of your commitment. The more expensive the gadget, the more your earnings. So, you take care of every gadget because it represents your way of thinking about business. My business is well-thought-out.

Nasce da testa, da studio. No fantasia, no fortuna. Studio, application, science, information»

«Ok studi»

«Io volere fare capire che tutti guadagno. Parte da cura»

«Io curo me stessa e i mei gadget, come li chiami te»

«No tu no cura. Terrifying»

«Ok sì è vero, io non ho cura per me, perché devo averne per Marco, per le sue cose e alla fine sono stanca»

«Ma tua vita è tuo riflesso, come specchio di acqua. Tu amore per te, tua vita da amore e gentilezza per te e per tuoi amori»

«Sì beh sei un guru adesso?»

George rise forte, la cinciallegra si zittì allarmata. Un bicchiere di cristallo tintinnò.

It starts from the mind, from studying. No fantasy, no luck. Study, application, science, information."

"Okay, I study."

"I want to make you understand that everyone earns. It starts with care."

"I take care of myself and my 'gadgets,' as you call them."

"But you don't take care. Terrifying."

"Okay, yes, it's true, I don't take care of myself because I have to take care of Marco, his things, and in the end, I'm tired."

"But your life is your reflection, like a water mirror. Your love for yourself, your life with love and kindness for yourself and your loved ones."

"Well, you're a guru now?"

George laughed loudly, the songbird fell silent in alarm. A crystal glass tinkled.

«Tu stanca ma tu accettare. Tu pensare como essere meno stanca»
«Sto pensando di farmi mantenere da te»
«OHHH tu finalmente vera, no bugia! Brava! Tu migliorare!»
«Io mantenere te, no problem»
«Come?» Giovanna alzò la voce involontariamente.
«Io mantenere te, quanti soldi al mese?» il suo tono era evidentemente serio, come se affrontasse una trattativa di lavoro, un contratto con una società.
«Credo 1000 euro al mese, sarebbero penso sufficienti ad avere un aiuto»
«Sono 12000 euro in 12 mesi. Ok io dare te, è cifra bassa»
«Per me no, sarebbe utile a prendere un aiuto per cercare un lavoro vero»
«Ok no più chat? A me dispiacere, chat simpatiche»
«Io sono stufa delle chat, mi sembrano deprimenti alla fine»

"You're tired, but you accept it. You think about how to be less tired."
"I'm thinking of having you support me."
"OHHH, you're finally being truthful, no more lies! Well done! You're improving!"
"I'll support you, no problem."
"How?" *Giovanna involuntarily raised her voice.*
"I'll support you. How much money per month?" *His tone was evidently serious, as if he were approaching a work negotiation, a contract with a company.*
"I believe 1000 euros per month, I think it would be sufficient to have some assistance."
"That's 12000 euros in 12 months. Okay, I'll give it to you, it's a low amount."

"For me, it's not low. It would be helpful to get assistance while looking for a real job."
"Okay, no more chatting then? I'll be sorry, the chats are amusing."

«Tu moralista, dire così in Italiano? To preach or moralize!»
«E' un lavoro, mi allontana dai sogni, ma non li voglio i soldi davvero, era un gioco, e poi mi chiederei sempre cosa vuoi in cambio»
«Io niente cambio, cambio euro sterlina, no buono» scosse la testa, facendo una smorfia con la bocca.
«Perché? Perché mi dai dei soldi? Non li rivuoi indietro?»
«Tu cuccia! You're staying put or keeping a low profile»
Giovanna si allargò in un ampio sorriso.
«Sì è vero, sono un pochino sulla difensiva, mi sembra strano ecco che un estraneo

"I'm tired of the chats, they seem depressing to me in the end."

conosciuto in un solo giorno, mi regali 12000 euro così senza volere nulla in cambio»
"You moralist, is that what you're saying in Italian? To preach or moralize!"
"It's a job, it takes me away from my dreams, but I don't really want the money. It was a game, and then I would always wonder what you want in return."
"I don't want anything in return, I exchange pounds for euros, not good," he shook his head, making a face with his mouth.
"Why? Why are you giving me money? Don't you want it back?"

"You're staying put or keeping a low profile."
Giovanna broke into a broad smile.
"Yes, it's true, I'm a bit defensive. It seems strange that a stranger I've known for just one day would give me 12,000 euros without wanting anything in return."

«Io esperimento. Io dare te 20000 euro. No change. Tu vivere con sogno. Tu cura te. Io rivedere tra un anno»
«E…»
«Io trovare te uguale adesso»

"I'm experimenting. I'll give you 20,000 euros. No change. You live with your dream. You take care of yourself. I'll see you in a year."

"And..."
"I'll find you the same as you are now.

«No, userei bene i soldi, cercherei un lavoro più soddisfacente, anche di avere rapporti con persone al di fuori di Marco, parlare, scherzare, essere anche un po' leggera…non li spenderei in sciocchezze…»

«No tu brava. Sure thing! But are you feeling down. Depressa. Tu credi vita come fatica. No Como Wonderful Experience»

Giovanna fissò il suo calice vuoto. Un cameriere si avvicinò e lo riempì silenziosamente come un chierichetto alla comunione, come un parente al suo funerale che silenziosamente conduceva

"No, I would use the money wisely. I would look for a more satisfying job, even having interactions with people outside of Marco, talking, joking, being a bit

la bara all'altare per l'estrema unzione.

«Assaggia vino, Brunello D.O.C.»

«Non è vero, io mi comporterei come ogni persona al mio posto, farei piccoli passi per stare meglio e cercherei di vivere una vita serena più che possibile, aspettando la buona sorte, o qualche opportunità di lavoro che mi soddisfi. Credo in verità di saper fare molte cose…dovrei solo entrare nel mondo del lavoro, scrivere un bel curriculum, una volta ero ragioniera ad esempio, ho anche un titolo di studio!»

carefree... I wouldn't spend it on frivolities."

"No, you're good. Sure thing! But are you feeling down? Depressed. Do you think life is a struggle? Not

Como   Wonderful Experience."

Giovanna stared at her empty glass. A waiter approached and silently refilled it, like an altar boy at communion, like a relative at his own funeral who silently led the casket to the altar for the last rites.

"Try the wine, Brunello D.O.C."

"It's not true, I would behave like anyone in my place, take small steps to feel better, and try to live as peaceful a life as possible, waiting for good luck or some job opportunity that satisfies me. I believe I can do many things... I just need to enter the job market, write a good CV. I used to be an accountant,

for example, and I even have a degree!"

«Signori posso suggerirvi una entrè di terra? O gradite il primo, a tal proposito, la casa vi consiglia il risotto ai funghi porcini e prezzemolo tritato servito su un letto di crostini leggermente tostati al burro d'aglio, di nostra produzione ovviamente»

«Sì buono! E fegato? Avete fegato?»

«Sì certo per lei Mister Hollyday, fegato battuto in salsa e leggermente cotto nel nostro forno esterno sui carboni»

«Buono con patate?»

«Patate novelle del nostro orto, cresciute senza pesticidi, cotte con la loro buccia dentro al forno e aromatizzate con rosmarino ed erba cipollina. Uno spicchio d'aglio per insaporire il piatto insieme a una lattughina verde»

«Perfect! Io felice!»

«Anche per la signora?»

"Can I suggest a land entré e, or would you prefer a first course? In that case, the house recommends the porcini mushroom risotto with chopped parsley served on a bed of lightly toasted garlic butter crostini, all homemade, of course."

"Yes, sounds good! And liver? Do you have liver?"

"Yes, certainly for you, Mister Hollyday. Liver, beaten in sauce and lightly cooked in our outdoor oven on charcoal."

"Good, with potatoes?"

"New potatoes from our garden, grown without pesticides, cooked with their skins in the oven and flavored with rosemary and chives. A clove of garlic to enhance the flavor, along with some fresh green lettuce."

"Perfect! I'm happy! And for the lady?"

«Sì tutto due»

«Giovanna, Giovanna…io spiegare te. Tu prendi soldi e cominci con tanta speranza, anche lacrime. Poi arriva ragazzo giovane, ti sembra Principe e tu innamori. Lui ruba soldi. Oppure tu credi a pubblicità bugia e perdi soldi e torni chat. Oppure tu disgrazia, rompi macchina, rompi denti o malata e usi soldi. Tu tre mesi e soldi zero. Tu brava, tu good intention, ma tu no cura»

«Tu target fatica, tu casa popolare, tu cibo no buono, no erbetta in tuo orto, tu Mc o Burger King. Tu convinta, vita fatica no excellent experience! Quindi tua vita continuare fatica e disappointment»

Bevve un lungo sorso di Brunello, dopo averlo fatto decantare allegramente.

«Parli di me così, ti rendi conto che mi ferisci?»

"Both."

"Giovanna, Giovanna... I'm trying to explain it to you. You take the money and start with so much hope, maybe even tears. Then a young guy comes along, seems like a Prince, and you fall in love. He steals your money. Or you believe in false advertising and lose your money, and you go back to chatting.

Or something unfortunate happens; you crash your car, break a tooth, or get sick, and you use up the money. Three months later, you have no money left. You're good, you have good intentions, but you lack care.""You target hardship, you live in affordable housing, you eat cheap food, no herbs in your garden, you go to McDonald's or Burger King. You're convinced that life is hard, no excellent experience! So your life continues to be filled with hardship and disappointment." He took a long sip of Brunello, having let it breathe merrily.

"You talk about me like this, do you realize how hurtful it is?"

«Io amare te. No ferire. Io dir questo per te. Questa verità»

«Non puoi amarmi e parlarmi così»

«Io amare no como Principe. Io amare come umano ama umano, with dignity»

«Dignità è appunto non ferire l'altro, tu mi stai ferendo…perché? Io non ti ho fatto nulla…»

«Tu bugia ora, Giovanna. Io verità per aiuto. Tu no fare lacrime come donna bugia. Tu capire. I know it»

«Va bene allora il mio ego è distrutto. Ok hai ragione, capisco, andiamo oltre, cosa mi vuoi veramente dire? Che soluzione hai?

"I love you. I don't want to hurt you. I'm saying this for your sake. This is the truth."

"You can't love me and speak to me like this."

"I don't love you as a Prince. I love you as one human loves another, with dignity."

"Dignity means not hurting the other person, and you're hurting me... why? I haven't done anything to you."

"You're lying now, Giovanna. I'm telling the truth to help you. You won't shed tears as a lying woman. You understand. I know it."

"Alright, so my ego is shattered. Okay, you're right, I understand. Let's move on. What do you really want to say? What solution do you have?"

Mi stai dicendo che non posso migliorare davvero perché la mia realtà è questa, e mal che vada posso ottenere solo qualche ora di giovamento, ma se il mio sentire è sempre stato questo, casa popolare, un lavoro che più che altro è un espediente, una vita sociale che non mi ha regalato grandi amicizie…insomma se sono depressa, rimango depressa e muoio così!»

«Tu capitato me. Credo Dio vuole bene»

«Cosa? Dio?»

«Io dare te molti soldi, 300000 euro. Tu compri casa e metti affitto. Casa mia ma tu prendi soldi. Ogni mese. Tu andare a scuola. Tu istruzione vera. Io pagare. University master's degree. Tu mettere figlio in struttura. Ospedale probably. Io venire da te dopo un anno»

"Are you telling me that I can't really improve because this is my reality, and at best, I can only get a few hours of relief? But if my reality has always been this way, public housing, a job that's more of an expedient, a social life that hasn't given me great friendships... in short, if I'm depressed, I stay depressed and die like this?"

"You met me. I believe God cares."

"What? God?"

"I'll give you a lot of money, 300,000 euros. You buy a house and rent it out. It's my house, but you'll get the money. Every month. You go to school. Real education. I'll pay. University master's degree. You place your child in a facility. Probably a hospital. I'll come to you after a year."

Giovanna sgranò gli occhi, ammutolita.

«Io …non posso farlo. Lo sai»

«Tu fai, tu felice»

«No, io infelice. Io allora poverissima!»

«Tu no capire…»

«No tu no capire!» e si alzò indignata.

George la fissava sorpreso e con la bocca leggerissimamente aperta, un piccolo boccone di riso masticato si intravedeva tra i denti.

«Tu sedere, please»

Si fissarono.

Giovanna si sedette.

«Mangia» e le indicò il piatto pieno e fumante con la forchetta d'argento.

«Io finire…»

«Ti prego, finisci bene»

«Quando tu finito scuola, tu lavoro serio, tu denaro, tu tornare da figlio. Figlio ok, lui capire. Tu progetto per tutti e due»

Giovanna widened her eyes, silenced.

"I... I can't do it. You know that," she said.

"You do it, you'll be happy," George replied.

"No, I'll be unhappy. I'll be extremely poor!"

"You don't understand..."

"No, you don't understand!" Giovanna exclaimed, rising indignantly.

George stared at her, surprised, with his mouth slightly open, revealing a small morsel of chewed rice between his teeth.

"Sit, please," he urged.

They locked eyes, and Giovanna sat back down.

"Eat," he pointed to the full, steaming plate with the silver fork.

"I'm finished..."

"Please, finish your meal."

"When you finish school, get a serious job, earn money, then go back to your child. Your child will be okay; he'll understand. You have a plan for both of you."

«Io non me la sento…capisco davvero le tue buone intenzioni, alla fine mi stai proponendo davvero una soluzione incredibilmente vantaggiosa, ti voglio spiegare. Marca è un ragazzino, ma ha la capacità intellettiva di un bimbo di tre anni. Lui non capirebbe, si sentirebbe abbandonato. Hai ragione tu, è la mia realtà, io sono dentro a questo insieme e per me è impossibile immaginarmi fuori. Se sei dentro al barattolo, non vedi l'etichetta»
«Tu barattolo?»
Sorrisero entrambi, fissandosi gentili.
«The liver is truly excellent»
«Cosa vuoi Giovanna? Principe?»
«Sì voglio la favola!»
«Fable? Castle?»

"I can't do it... I truly understand your good intentions, and in the end, you're offering an incredibly advantageous solution. Let me explain. Marco is a little boy, but he has the intellectual capacity of a three-year-old. He wouldn't understand; he'd feel abandoned. You're right; this is my reality, and I'm deeply entrenched in this situation. It's impossible for me to imagine myself outside of it. If you're inside the jar, you can't read the label."

"Jar?" George asked.
They both smiled, looking at each other kindly.
"The liver is truly excellent," Giovanna said.
"What do you want, Giovanna? A prince?"
"Yes, I want the fairy tale."
"Fable? Castle?"

«Sì anche con il castello…voglio la favola! Voglio innamorarmi di un uomo gentile e ricchissimo che mi ama e mi salva, me e mio figlio!»

«Salva? Dragon?»

«Sì dal drago! Voglio un uomo che riesca a superare sé stesso e i labirinti della sua realtà, per amare me, perché capisce che sono il compendio che non ha letto mai, la sinfonia che vorrebbe ascoltare di sera, la coperta di lana o la poltrona soffice…un uomo che è un principe, perché eticamente corretto e inappellabile sotto ogni punto di vista!»

«Quindi uomo no sex»

«Voglio anche il sesso! Certo!»

«Se Principe, omosex…»

Giovanna rise, sfoderando una fila di denti bianchi allineati come piccoli soldatini timidi.

"Yes, even with the castle... I want the fairy tale! I want to fall in love with a kind and incredibly wealthy man who loves me and saves me, me and my son!"

"Saves? From a dragon?"

"Yes, from the dragon! I want a man who can overcome himself and the mazes of his own reality to love me because he understands that I'm the book he's never read, the symphony he'd like to listen to in the evening, the warm blanket or the comfy armchair... a man who's a prince because he's ethically correct and impeccable in every way!"

"So, a man with no sex?"

"I want the sex too! Of course!"

"If he's a prince, he might be homosexual..."

Giovanna laughed, revealing a row of white teeth lined up like shy little soldiers.

«Tu ridi! Tu sì! Tu ridi! I'am very worried»

«Vedi con una proposta del genere, quella che mi hai appena fatto, qualsiasi uomo avrebbe chiesto sesso estremo quotidiano, di legarmi come un salame e farmi leccare da tre donne insieme, oppure mi avrebbe prostituita per prendersi i miei guadagni…anzi anche peggio, potevi chiedermi video pornografici da inserire su You Tube, o ancora forse l'asportazione di un rene o del pancreas…o di una cornea come fanno ai maiali negli esperimenti!»

«Oh My God! Salame!»

«Invece mio caro George, tu sei già un Principe»

«Ieri tu nuda, io bravo»

Giovanna si allungò in un sorriso mesto.

«Questo è stato molto spiacevole…»

"You're laughing! Yes! You're laughing! I'm very worried."

"You see, with a proposal like the one you just made, any man would have asked for extreme daily sex, to tie me up like a salami and have me licked by three women at once, or he could have prostituted me to take my earnings... or even worse, you could have asked me for pornographic videos to put on YouTube, or maybe even the removal of a kidney or pancreas... or a cornea, like they do to pigs in experiments!"

"Oh my God! Salami!"

"Instead, my dear George, you're already a Prince."

"Yesterday, you were naked, I was good."

Giovanna stretched into a wistful smile.

"That was very unpleasant..."

«Io no omosex…»
Giovanna lo fissò attraverso le lenti azzurrate.
George fissava il suo calice di cristallo, roteando il liquido ambrato in piccoli cerchi concentrici, percependo le lievi molecole profumate che si allontanavano dal bicchiere per essere catturate dalle sue narici.
«Per nuova vita, nuova realtà, nuove abitudini, nuova cura»
«Quello che il mio denaro mi permette»
«Cura è in piccola cosa»
«Ho una proposta io per te. Tu fai l'amore con me, scopri che mi ami e mi prendi a vivere con te, mi fai studiare, diamo una famiglia a Marco e insieme viviamo felici e contenti per sempre. Magari mi sposi. Sei sposato?»
«No…hai già tua risposta»

"I'm not homosexual..."
Giovanna stared at him through her blue-tinted glasses.
George gazed at his crystal glass, swirling the amber liquid in small concentric circles, sensing the faint scented molecules drifting away from the glass to be captured by his nostrils.
"For a new life, a new reality, new habits, new care..."
"What my money allows me."
"Care is in the little things."
"I have a proposal for you. You make love to me, discover that you love me, and take me to live with you. You help me study, we give Marco a family, and we live happily ever after. Maybe you marry me. Are you married?"
"No... you already have your answer."

«Gradite un dessert? Posso proporvi una mousse di fragole selvatiche di bosco e foglie di menta piperita, oppure il classico tiramisù con caffè tostato arabo e Cognac invecchiato, o ancora e davvero è il nostro dessert più ambito, il classico pan di sagna inzuppato in crema e alchermes. La crema è creata con le uova del nostro pollaio, allevate rustiche a terra. Il colore della crema vira all'arancio per la densità del tuorlo, di un sano e compatto color arancione vivo»
«Giovanna?
Tua preferenza?»
«Mi piacerebbe assaggiare la mousse di fragoline…»
«Ok con cidro? Per lei invece per George, la tortina con crema»
Il cameriere si allontanò soddisfatto.

"Would you like a dessert? I can suggest a wild forest strawberry mousse with peppermint leaves, or the classic tiramisu with roasted Arab coffee and aged Cognac, or perhaps our most sought-after dessert, the classic pan di sagna soaked in cream and alchermes. The cream is made with eggs from our free-range, rustic chickens. The color of the cream turns orange due to the density of the yolk, a healthy and vibrant orange."
"Giovanna?
Your preference?"
"I'd like to try the wild strawberry mousse..."
"Okay, with cider? And for you, George, the cream tart."
The waiter walked away satisfied.

«Ho proposta per te, dico dopo cidro»

Giovanna si appoggiò allo schienale bombato della sedia in ferro. Osservò il panorama verde. La luce illuminava le colline creando sfumature di intenso colore, dal verde prateria allo scuro verdone, una gamma incredibile di pantoni.

«Se fossi un pittore, qui capirei cos'è il colore»

«It is really nice»

«E' molto bello, grazie. Della vacanza, del viaggio, del magnifico pranzo e della tua gradevole compagnia»

«Ah tu no paghi?»

George rise forte, qualche commensale si girò a guardarli.

Lo sapeva George che in Paradiso si sussurra?

«Io credo si non essere stata mai così felice, davvero ti ringrazio»

"I have a proposal for you, I'll tell you after the cider."

Giovanna leaned back against the curved backrest of the iron chair. She observed the green landscape. The light illuminated the hills, creating shades of intense color, from meadow green to dark green, an incredible range of hues.

"If I were a painter, I would understand what color is here."

"It is really nice."

"It's very beautiful, thank you. For the vacation, the journey, the magnificent lunch, and your pleasant company."

"Oh, you don't pay?"

George laughed heartily, and a few diners turned to look at them. Did you know that in Heaven, people whisper? "I believe I've never been so happy, truly, thank you."

«Tu bugia, vuoi fare donnina semplice. Tu no semplice»
«Ti ho solo ringraziato…»
«Tu detto grazie ma dentro volevi dire prendimi, per favore»
«Io ho detto grazie per dire grazie. Ora dico, prendimi, ti desidero»
«E' affare importante, Giovanna. Io no pronto»
«Ti desidero così intensamente da sentirmi mancare, se non ti accarezzo e se non sento l'odore della tua pelle sulla mia, sudata, avida, ansimante, io penso che morirò. Ti prego, ti imploro, prendimi»
Gli accarezzò lievemente una mano appoggiata al tovagliolo inerme.
«Capito tu molto sex»
E stirò un sorriso educato.

"You lie, you want to be a simple woman. You're not simple."
"I just thanked you..."
"You said thanks, but inside you wanted to say 'take me, please.'"

"I said thank you to say thank you. Now I'm saying 'take me, I desire you.'"

"It's a big deal, Giovanna. I'm not ready."
"I desire you so intensely that I feel like I'll faint if I don't caress you and if I don't smell your skin on mine, sweaty, eager, breathless. Please, I beg you, take me."
She gently caressed his hand resting on the helpless napkin.
"I see, you're very sexual."
And she gave him a polite smile.

Fissò la sua manina bianca sopra alla propria, con le dita lunghe, le unghie corte e pulite con piccole mezzalune bianche alla loro attaccatura con la carne.

Osservò le perigliose linee delle nocche gentili e le vene e le articolazioni entrambe che correvano vivaci e azzurrine lungo il dorso della mano, fino a concludere la loro corsetta dalla nocca prominente e dal piccolo polso.

«Tu mano di signora»

Lei strinse un pochino la presa, sentiva il calore di lui, il pulsare del sangue, il battito trattenuto come un piccolo battito d'ali sfuggito all'improvviso.

«Tu donna con fatica devi avere per geni, mano grande e tozza. Tu mano da signora, piccola, lunga, gentile.

He stared at her delicate hand resting atop his own, with long fingers, short and clean nails adorned with small white crescents at their base where they met the skin.

He observed the perilous lines of her gentle knuckles, the veins and joints, all of them running vivaciously, a bluish hue tracing along the back of her hand, concluding their race at the prominent knuckle and the dainty wrist.

"Your hand is like a lady's," *he remarked.*

She tightened her grip slightly, feeling his warmth, the pulsing of blood, the heartbeat held in check, like a small fluttering wing suddenly set free.

"You must have some good genes; your hand is large and robust. Your hand is that of a lady, small, long, gentle."

Tu donna educata. Tu chiedi sex, tu non in tua pelle. Tu preso corpo e vita di altra donna»

«Non capisco ma penso sia un complimento»

«Donna di fatica, depressed, donna di fatica no chiede, pretende per ricevere no. E' la sua realtà, fatica. Tu chiedi, con speranza, forse puoi ricevere sì»

Le prese tra le sue dita la mano che lo accarezzava e la portò con un lungo e soppesato movimento alla sua bocca, per baciarla. Le sue labbra si posero sulla pelle, poi aprì la mano e pose un altro bacio sul palmo gelato e sul polso all'altezza del suo battito. Lieve e soave le restituì la mano per accompagnarla all'altra.

La mousse comparve al tavolo, insieme al cidro e al pan di spagna.

"You're an educated woman. You ask for sex, but it's not in your nature. You've taken on the body and life of another woman."

"I don't fully understand, but I think it's a compliment."

"A woman of toil, depressed, doesn't ask; she demands without receiving. It's her reality, toil. You ask, with hope, perhaps you can receive."

He took the hand that was caressing him between his fingers and brought it to his mouth with a long, deliberate motion to kiss it. His lips met her skin, then he opened her hand and placed another kiss on the cold palm and her wrist where her pulse beat. Gently and tenderly, he returned her hand to her, accompanying it with the other.

The mousse appeared on the table, along with the cider and panettone.

«Assaggia my darlingh»
«Mmm buono»
«Very Good!»
Le pose un cucchiaio di crema densa e compatta direttamente in bocca, Giovanna aprì le labbra e gustò l'intenso sapore dolciastro, la squisita consistenza cremosa, liscia e omogenea.
«Non è dolce come pensavo, sa di uovo, ovoso direi, mi sembra di non aver mai mangiato la crema! Ha un altro sapore, come di panna più corposa, più tonda e cicciona!»
George rise di gusto.
«Vedi, cura porta questo»
La guardò di sottecchi, ammiccando le lunghe ciglia scure sornione che volutamente nascondevano lo scintillio degli occhi perspicaci.
«Amore porta questo»
«Allora ho ragione io!»

"Taste it, my darling."
"Mmm, it's good."
"Very good!"
He spooned a mouthful of the thick, dense cream directly into Giovanna's mouth. She parted her lips and savored the intense sweet flavor, the exquisite creamy texture, smooth and homogeneous.
"It's not as sweet as I thought, it tastes eggy, I'd say. It seems like I've never eaten custard before! It has a different flavor, like thicker, rounder, and plumper cream!"
George chuckled with delight.
"You see, care brings this."
He glanced at her from the corner of his eye, winking with his long, dark, cunning eyelashes that deliberately concealed the sparkle of his insightful eyes.
"Love brings this."
"So, I'm right!"

«No Giovanna, tu amore verso me, no buono. Prima amore verso te, poi amore verso altri. Tu cura verso te. Allora tutto amore. Forse anche amore verso me»

«Ok ci vuole tempo, in un giorno già sembra un miracolo, sto pranzando in un posto incredibilmente bello, gustando cibi che mai in cento anni pensavo avrei mai mangiato…ora devo anche amare me stessa…insomma è difficile!»

«Tu legata a tuoi bisogni, tu volere sex perché bello, forse tanto tempo no sex, quindi forse io accontentare. Ma solo per sex di bisogno. Tu no sex con tua mano?»

«Mi stai chiedendo se mi masturbo?»

«Sì ecco parola! Brava!»

«No, certo che no!

"No, Giovanna, your love for me, not good. First, love for yourself, then love for others. You care for yourself. Then, it's all love. Maybe even love for me."

"Okay, it takes time. In just one day, it already feels like a miracle. I'm having lunch in an incredibly beautiful place, savoring foods I never thought I'd eat in a hundred years... and now I have to love myself too... well, it's difficult!"

"You're tied to your needs, you want sex because it's nice, maybe it's been a long time without sex, so maybe I'll oblige. But only for the sake of physical needs. Don't you have sex with your hand?"

"Are you asking me if I masturbate?"

"Yes, that's the word! Good!"

"No, of course not!

Ho il disgusto del sesso, con tutto quello che leggo e devo scrivere!»

«Tu disastro! Ignorante come capra!»

«Mi stai suggerendo di masturbarmi per evitarti il disturbo di farmi avere un orgasmo?»

«Non capire»

«Io voglio la favola! Non c'è scritto da nessuna parte che Cenerentola si masturbasse davanti al camino per avere un buon approccio sessuale una volta arrivato il Principe Azzurro, in modo da fargli un pompino come si deve!»

«Oh my God! Tu zitta»

«Insomma io pensavo che l'amore fosse scoperta. Poesia. Io penso all'amore come a una melodia. Come a un concerto d'archi che cresca di vibrazione e ritmo fino al culmine del suo splendore. Ma all'apice non vorrei trovarci la mia mano.

"I'm disgusted with sex, with all the reading and writing I have to do!"

"You're a mess! Ignorant as a goat!"

"Are you suggesting that I should masturbate to spare you the trouble of giving me an orgasm?"

"You don't understand."

"I want the fairy tale! Nowhere does it say that Cinderella masturbated in front of the fireplace to have a good sexual encounter once the Prince Charming arrived, so she could give him a proper blowjob!" "Oh my God! Just be quiet!" "Well, I thought that love was about discovery. Poetry. I think of love as a melody. Like a string concert that grows in vibration and rhythm until it reaches its peak. But at the climax, I wouldn't want to find my own hand there."

Vorrei trovarci labbra che cercano le mie, mani che mi stringono e mi abbracciano. Vorrei trovarci due corpi adesi che si compenetrano cercando l'uno nell'altro il ritmo dell'anima propria»

«Io dire che sex no bisogno. Ma tu bisogno, ora»

«Che ne sai tu? Io senza sto bene, io non ho bisogno di te. Il mio desiderio è sincero. Ti vorrei comunque per il modo in cui percepisci la realtà attorno a te, per il fatto di chiamarmi capra, e di zittirmi. Per il fatto che ieri sera ti sentivo, vicino e trattenevo il respiro ma non mi sono azzardata a fare nulla, perché sapevo che saresti scappato.

"I would like to find lips that seek mine, hands that hold and embrace me. I would like to find two bodies pressed together, penetrating each other, seeking the rhythm of their own souls."

"I'm saying that you don't need sex. But you do need it now."

"What do you know about it? I'm fine without it. I don't need you. My desire is sincere. I would want you anyway for the way you perceive reality around you, for calling me a goat, for shutting me up. For the fact that last night I felt you close, and I held my breath but didn't dare to do anything because I knew you would run away."

Ti desidero per come mangi la crema e per quel piccolo sbavo che ti è rimasto all'angolo della bocca e di cui forse non ti sei accorto perché sei attento a me e a quello che ora ti sto dicendo di noi»

«Io sporco?» e si pulì velocemente con il tovagliolo, ridendo.

«Io credo tu no capire. Tu sei vacanza, se altro qui al posto mio, tu uguale, tu sex con altro»

«NO!»

«Sì my darlingh perché tu molto no sex, e questa tanta novità ha messo tuo cervello in moto a pensare a cose belle. E venuto fuori sex, amore, gusto, cibo, colore, sapore. Sapore di vita»

Giovanna si fissò il tovagliolo in grembo.

«My Dear let's go» e si alzò massiccio.

«Dove andiamo?»

"I desire you for how you eat the cream and for that little drool at the corner of your mouth, which maybe you haven't noticed because you're attentive to me and what I'm now telling you about us."

"Am I dirty?" he said and quickly wiped it away with the napkin, laughing.

"I believe you don't understand. You are a vacation, if it were someone else here instead of me, you'd be the same, having sex with someone else."

"No!"

"Yes, my darling, because you've had very little sex, and all these new experiences have set your brain in motion, thinking about beautiful things. And it came out as sex, love, taste, food, color, flavor. The flavor of life."

Giovanna looked at the napkin in her lap.

"My dear, let's go," he said, getting up.

"Where are we going?"

«In albergo, io stanco»
Tornarono silenziosi alla macchina, lui le prese di nuovo la mano, intrecciando le dita tra le sue.
«Io fare così perché tu bella, io vanitoso»
«Ah, ok»
Poco distante, immerso negli ulivi era stato costruito l'Hotel che li avrebbe alloggiati. In pietra rossa, circondato da piante secolari, una piccola e intima struttura di due piani, ex villa padronale dei Marchesi Antinori.
«Non prendiamo le borse?»
«After…»
Salirono le scale, ovattate dalla moquette.
La camera era spaziosa e nella penombra creata dalle tende tirate.
Un piacevole odore di lavanda permeava l'aria.

"In the hotel, I'm tired."
They returned to the car in silence, he took her hand again, intertwining their fingers.
"I do this because you are beautiful, I'm vain."
"Ah, okay."
Not far away, nestled among the olive trees, was the hotel where they would be staying. Made of red stone and surrounded by centuries-old plants, it was a small and intimate two-story structure, formerly the manor house of the Marquises Antinori.
"Aren't we taking the bags?"
"After..."
They climbed the stairs, softened by the carpet.
The room was spacious and dimly lit by the drawn curtains.
A pleasant scent of lavender filled the air.

George richiuse la porta dietro di sé, poi la fissò in mezzo alla stanza, ferma immobile, senza il respiro, lasciato a qualche ora di cammino fa, quando ancora era innocente al piacere.

Un orologio scandiva il tempo. George lasciò la maniglia della porta ormai serrata.

Con tre falcate delle lunghe gambe fu di fianco a lei, le prese il volto tra le mani.

«No urlare» sussurrò.

E posò le labbra sulle sue, erano morbide e languide e sapevano di dolce e alcool, di frutta e cioccolato, la lingua si insinuò per catturare la sua e divorarla interamente.

La prese in braccio e appoggiò sul letto, non riuscendo a staccarsi dalle labbra frenetiche, esigenti che esploravano e chiedevano, che indagavano e sperimentavano il territorio dei sensi.

George closed the door behind him, then fixed his gaze on her in the middle of the room, motionless, breathless, a sensation left behind hours ago when he was still innocent to pleasure.

A clock was ticking away the time. George left the doorknob tightly closed.

With three long strides of his tall legs, he was beside her, taking her face in his hands. "Don't scream," he whispered. And he placed his lips on hers, they were soft and languid, tasting of sweetness and alcohol, of fruit and chocolate. His tongue slipped in to capture hers, devouring it whole.

He lifted her and placed her on the bed, unable to tear himself away from those frantic, demanding lips that explored and asked, that probed and experimented in the realm of the senses.

Le tolse la maglietta e i jeans, buttando in malo modo le scarpette da ginnastica a qualche angolo della stanza. Velocemente si liberò della camicia e del suo reggiseno e sentì la pelle finalmente contro la sua. Morbida, bianca, virginale. Acchiappò un seno piccolo, inturgidito dall'eccitazione e senza attendere le fu dentro.

« I can't wait, my dear. I am very excited. Please pick me up right away»

Sentiva il suo pulsare intenso e lo seguì fino all'apice come una brava scolara, lo aveva immaginato intenso e spasmodico, tutto di lui era dentro di lei, la bocca, la saliva, le mani che le tenevano la testa ferma in un bacio prolungato di possesso.

«You're my boo»

He removed her shirt and jeans, carelessly tossing the sneakers to some corner of the room. Quickly, he shed his own shirt and her bra, finally feeling her bare skin against his. Soft, white, virginal. He grabbed one of her small, excited breasts and entered her without waiting.

"I can't wait, my dear. I am very excited. Please pick me up right away."

She could feel his intense throbbing, and she followed it to its climax like a good student. She had imagined it to be intense and spasmodic. All of him was inside her – his mouth, his saliva, his hands holding her head still in a prolonged kiss of possession.
"You're my boo."

Il suo corpo franò pesantemente su quello di Giovanna.

Lei lo abbracciò, accarezzandogli la schiena con le unghie corte. Quando il respiro si fece più regolare, lui si appoggiò sul gomito per osservarla sotto di sé.

«Tu donna!»

«Tu omone…»

Lui rise e si spostò di fianco.

«It's ok?»

«Certo!» e gli sorrise fiduciosa.

«Tu bella…» e le accarezzò possessivo un seno, ghermendolo tra le sue mani.

«Noi intimità»

«Già noi molto intimità…»

«Tu sembri donna che sa tutto io scemo uomo che ha sorpresa!»

«Appunto…tu scemo…mi hai fatto pregare come un'adolescente!»

His body collapsed heavily onto Giovanna's.

She hugged him, gently caressing his back with her short nails. When their breathing became more regular, he propped himself up on his elbow to look at her beneath him.

"You, a woman."

"You, a man..."

He chuckled and shifted to his side.

"It's ok?"

"Of course," she replied, smiling confidently.

"You're beautiful..." He possessively caressed her breast, grasping it firmly in his hands.

"We're quite intimate already..."

"You seem like a woman who knows everything, and I'm just a foolish man who had a surprise!"

"Exactly... you fool... you had me begging like a teenager!"

«Tu prendi botte, donna» e la girò su un fianco per sculacciarla.

Lei rise e acchiappò il cuscino per chiudere un attimo gli occhi e allontanarsi dalle emozioni di quella stanza.

«Tu dormire?» sussurrò lui.

«Sì un pochino, anche tu, vieni qui di fianco a me, facciamo un pisolino»

Lui si accoccolò di fianco a lei, nudo, appoggiandole il sesso sulla gamba e coprendola con il lenzuolo candido.

«Ok pisolino con te»

E i loro respiri si regolarizzarono nel pomeriggio sulle colline di San Gimignano in Toscana.

"You're in for it now, woman," he said, playfully flipping her onto her side and giving her a light spank.

She laughed and grabbed a pillow, closing her eyes for a moment to distance herself from the emotions of the room.

"Are you going to sleep?" he whispered.

"Yes, a little bit. You too, come here next to me, let's take a nap."

He nestled beside her, naked, resting his groin against her thigh and covering them both with the pristine sheet.

"Okay, a nap with you."

And their breaths settled into the rhythm of the afternoon on the hills of San Gimignano in Tuscany.

CAPITOLO DECIMO

Si risvegliarono pigri e con la luce del crepuscolo che annunciava la sera. La luna ammiccava limpida e serena dal cielo agli amanti in amore tra le lenzuola candide.

George si stiracchiò pigramente su di lei.

«Io fame»

«Mi faccio una doccia e recupero le nostre borse, tu rilassati ancora un po'»

«Tu uomo?»

Giovanna sorrise.

«Non essere sessista, io sono più veloce di te a prepararmi e ho le chiavi della macchina»

«Ok, vai, prendi tutto, anche macchina»

E si alzò diretto al stanza da bagno.

«Io idea! Tu fare bagnetto con me e poi tu valigie»

CHAPTER TEN

They woke up lazily with the twilight light signaling the evening. The moon winked clearly and serenely in the sky, watching over the lovers entangled in the white sheets.

George stretched lazily on top of her. "I'm hungry."

"I'll take a shower and get our bags, you relax a bit more."

"Are you going to be the man?"

Giovanna smiled. "Don't be sexist. I'm quicker at getting ready, and I have the car keys."

"Okay, go ahead, get everything, even the car."

And he got up and headed for the bathroom. "I have an idea! How about you join me for a bath, and then you can get the luggage?"

E la guardò porgendole la mano.

«Tu no efficienza, tu vacanza!»

Giovanna scostò le coperte e lo seguì a piedi nudi.

Qualche ora dopo attendevano che il compunto cameriere versasse loro nei calici un Chianti Classico d'annata.

Giovanna aveva indossato il vestito celeste, le gote erano arrossate dall'amore, i capelli resi vaporosi dallo shampoo glamour di lui.

«Tu strega!»

Giovanna ruppe un grissino croccante e ne masticò un piccolo pezzo, totalmente appagata nell'animo.

«Tu grande ladra! Io felice in vacanza, poi arrivata tu. Io pensare solo a mare, cibo, vino, poi arrivata tu, strega…

And he looked at her, extending his hand. "You're not efficient, you're on vacation!"

Giovanna pushed aside the blankets and followed him barefoot. A few hours later, they were waiting for the attentive waiter to pour them a vintage Chianti Classico into their glasses.

Giovanna was wearing the blue dress, her cheeks were flushed from their lovemaking, and her hair had been given a glamorous makeover thanks to his shampoo.

"You witch!"

Giovanna broke a crisp breadstick and chewed on a small piece, completely content in her soul.

"You big thief! I was happy on vacation, just thinking about the sea, food, wine. And then you came along, you witch..."

Tu vuoi rubare i ponti a Arno, o luci a Arc de Triomphe o Nelson a Trafalgar Square, tu ladra o strega!»

«Da noi in Italia si dice … finchè si riesce a farla in barba…»

«Come finito barbiere in discorso?»

«Tuo complice?»

«No, sciocco! Io ti ho fatto del bene, tu eri un uomo solo, annoiato dalla vita che cercava con una vacanza, peraltro non programmata, di trovare un po' di serenità. Se non fossi piombata io nella tua vita, sarebbe stato un viaggio qualunque, così è diventata per noi una opportunità»

«Giovanna…è sempre viaggio, con vino e cibo, forse con amici, mai con nemici, ma sempre viaggio»

«Mi vuoi dire che tutto tornerà come prima?»

"You want to steal the bridges of the Arno, or the lights of the Arc de Triomphe, or Nelson from Trafalgar Square, you thief or witch!"

"In Italy, we say... as long as you can get away with it..." "How did we end up talking about a barber?"

"Your accomplice?"

"No, silly! I did you a favor. You were a lonely man, bored with life, seeking some serenity through an unplanned vacation. If it weren't for me, it would have been just an ordinary trip. Instead, it became an opportunity for us."

"Giovanna... it's always a journey, with wine and food, maybe with friends, never with enemies, but always a journey."

"Are you telling me that everything will go back to the way it was?"«Sure thing, no doubt about it»

«Sei un bugiardo tu, adesso!»

«Sì io bugiardo mezzo, forse primi giorni io triste, ma poi mia vita torna normale, lavoro, amici, progetti, business … e vacanza ricordo, ricordo bello, ma ricordo»

Un candido piatto di porcellana bianco, sagomato con ghirigori arrotondati venne posato nei loro rispettivi posti, il profumo della tagliatella gialla, tagliata a mano, irregolare e di impasto ruvido, condita con ragù di cinghiale, arrivò alle loro narici bonario e pacificatore. «Sai che questi discorsi faticosi vanno affrontati dopo cena, comunque io sono già contenta, ho trascorso due belle giornate, ne rimane una e penso che sarà incredibilmente appagante per entrambi.

"You're a liar now!"

"Well, I'm half a liar. Maybe the first few days, I was sad, but then my life returns to normal – work, friends, projects, business... and I remember the vacation, a beautiful memory, but a memory."

A pristine white porcelain plate, intricately shaped with rounded patterns, was placed in front of them. The scent of yellow hand-cut tagliatelle, irregular and rough in texture, dressed with wild boar ragù, wafted towards them, benevolent and pacifying.

"You know, these exhausting discussions should be tackled after dinner. Anyway, I'm already happy. I've had two beautiful days, and one more remains. I think it will be incredibly satisfying for both of us."

Quindi non vorrei affrontare ora questi argomenti, ma attendere di doversi salutare realmente…sai ipoteticamente siamo tutti condottieri ma poi a conti fatti quello che riteniamo facile potrebbe rivelarsi davvero impossibile da realizzare. Io credo molto nel fattore magia. Nell'incanto del momento e nei tempi del mutamento della realtà»

«Tu difficile ora…strega vuole confondere me»

E si asciugò diligente gli angoli della bocca dal sugo oleoso color rubino.

«Vedi mi hai sottovalutata. Tu mi hai spiegato della realtà, di come io non abbia alcuna possibilità di cambiarla ecc. ecc. Ma ti sei dimenticato oppure non vuoi immaginarlo che siamo fatti di speranze e sogni e di ambizioni.

So, I wouldn't want to tackle these topics now but wait until we really have to say goodbye... you know, hypothetically, we're all leaders, but in the end, what we think is easy might turn out to be really impossible to achieve. I believe a lot in the magic factor. In the enchantment of the moment and in the times of reality changing."

"You're tricky now... the witch wants to confuse me."

And he diligently wiped the corners of his mouth from the oily ruby-colored sauce.

"You see, you've underestimated me. You explained to me about reality, how I have no chance to change it, etc., etc. But you've either forgotten or don't want to imagine that we are made of hopes and dreams and ambitions."

Esiste una piccola fiaccola di creazione che ci alimenta nel bene e nel male. La mia fiaccola immagina che io mi salverò, che sono una creatura meritevole d'amore e questo amore per qualche via a me sconosciuta, arriverà a me! Forse anche con una forchettata di queste magnificenti tagliatelle al ragù di cinghiale!»

«You trying to rip me off»

«In italiano credo si possa tradurre come "tu mi stai fregando"?»

George rise forte e bevve un lungo sorso di Chianti rosso.

«Molto buono, forte e tenace come Giovanna! Tu come Chianti rosso, sembri dolce e fruttata poi nel palato, acida e forte come valanga. E io povero turista ubriaco!»

"There's a little spark of creation that fuels us, for better or worse. My spark imagines that I will be saved, that I'm a creature deserving of love, and this love, through some unknown means to me, will come to me! Maybe even with a forkful of these magnificent wild boar ragu tagliatelle!"

"You trying to rip me off?"

"In Italian, I believe it can be translated as 'tu mi stai fregando'?"

George laughed heartily and took a long sip of Chianti red.

"Very good, strong and tenacious like Giovanna! You're like Chianti red, seeming sweet and fruity, then on the palate, as sharp and strong as an avalanche. And I'm a poor drunk tourist!"

«Io credo che gli Italiani abbiano concepito queste meraviglie culinarie per i turisti come voi, un po' bianchini, gracilini, poco inclini ai sapori forti, cresciuti con poco sole e poca varietà di sapori, avete adottato uno schermo alle emozioni che chiamate educazione e garbo impassibile. Poi venite qui in viaggio e vi scontrate con la forza possente della vita! Colline verdi, uva succosa, acque cristalline e sapori decisi e inconfondibili, nati dal nulla. Le mucche sono mucche anche da voi, ma noi abbiamo creato il Parmigiano Reggiano, il maiale è maiale dappertutto, ma il prosciutto di Parma lo hai assaggiato? E la mozzarella di bufala?

"I believe that Italians have conceived these culinary wonders for tourists like you, a bit delicate, slender, not inclined towards strong flavors, raised with little sun and little variety of tastes. You've adopted a screen to emotions that you call education and impassive politeness. Then you come here on a trip and collide with the mighty force of life! Green hills, succulent grapes, crystalline waters, and strong, unmistakable flavors born seemingly out of nowhere. Cows are cows everywhere, but we've created Parmigiano Reggiano. Pigs are pigs everywhere, but have you tried Parma ham? And buffalo mozzarella?"

Devo farti assaggiare a Napoli, la pizza con la mozzarella di bufala! Unica e inimitabile, la farina e l'acqua dell'impasto sono incredibili, al primo morso soffice e morbida nel bordo e leggerissima e impalpabile al centro, la mozzarella rimane compatta ma non filamentosa e forma uno strato unico con la pasta di farina e acqua. Il pomodoro, rigorosamente nostrano è dolce! Non acidulo, ma dolce. Quindi nel palato hai tre sapori insieme, quello del pane morbido e insipido, la mozzarella quasi burrosa e densa e la dolcezza del pomodorino. Fantastico!»
«Tu donna con nuova pelliccia, tu sì, tu parole parole…io incantesimo?»

"I must have you taste pizza in Naples, with buffalo mozzarella! Unique and inimitable, the dough made from flour and water is incredible, soft and tender on the outer edge and incredibly light and airy in the center. The mozzarella remains compact but not stringy, forming a unique layer with the dough made from flour and water. The tomato sauce, strictly local, is sweet! Not acidic, but sweet. So, in your palate, you have three flavors together: the taste of soft and bland bread, the almost buttery and dense mozzarella, and the sweetness of the little tomato. Fantastic!"

"You, with your new fur coat, yes, you, all talk, talk... am I under a spell?"

«No sciocchino…tu vivi la metamorfosi di tutti gli stranieri che approdano con il loro denaro e i loro Suv potenti su questa terra brulla e appagante, vivi la magia»

«E sono prigioniero?»

«Ovvio certo, non puoi scappare…non puoi più mangiare una pizza se hai assaggiato una sola volta quella dei napoletani. Non puoi più bere una limonata se ne hai bevuta una a Capri. Non puoi sognare ancora allo stesso modo se hai sognato una sola volta sul Lago di Como, la severa bellezza del Lago immoto e del riflesso dei Palazzi settecenteschi sull'acqua, è magia»

«Ok quindi noi Napoli e poi Como?»

"No, silly... you're experiencing the transformation that all foreigners undergo when they arrive with their money and powerful SUVs on this barren yet fulfilling land, you're living the magic."

"And am I a prisoner?"

"Of course, certainly, you can't escape... you can't eat pizza anymore if you've tasted Neapolitan pizza just once. You can't drink lemonade anymore if you've had it in Capri. You can't dream in the same way if you've dreamt just once on Lake Como, the stern beauty of the still lake and the reflection of the 18th-century palaces on the water, it's magic."

"Okay, so first Naples and then Como?"

«Eh no caro George tu hai un solo altro giorno con me, scegli cosa vuoi che ti mostri, ma scegli per bene, perché è l'ultimo tuo giorno dentro a questa vacanza»

«Tu fai paura me» e sorrise tirato, intento a raccogliere l'intingolo di sugo con del pane morbido.

«Noi Napoli, vero Napoli ruba portafogli?»

«Sì vero. Ma noi ci vestiamo male e indossiamo un bel marsupio. Poi dobbiamo fare come i napoletani e urlare allegri per tutto, contrattare su ogni prezzo e suonare il clacson ogni minuto. Loro hanno una percezione diversa del rumore. Per loro il rumore è musica, è suono, è espressione di sé stessi.

Non hanno filtro per le emozioni, vivono emotivamente, pienamente, intensamente.

"Eh, no, dear George, you have just one more day with me, choose what you want me to show you, but choose wisely because it's your last day on this vacation."

"You scare me," he smiled tightly, busy mopping up the sauce with some soft bread. "Are we going to Naples, the real Naples where they pickpocket wallets?" "Yes, that's right. But we need to dress poorly and wear a nice fanny pack. Then we have to act like the Neapolitans, shouting happily all the time, haggling over every price, and honking the horn every minute. They have a different perception of noise. For them, noise is music, it's sound, it's self-expression. They have no filter for emotions; they live emotionally, fully, intensely."

Dramma e sentimento, sapore e nostalgia, come il loro mare, forte, mascolino, dalle coste frastagliate e impervie. Come il loro sole, accecante»

«Io pensiero. Più sole e sale, più forte uomo. Forza può essere molte cose. Forza di espressione, forza di sentimento e creazione»

«Ora l'uomo moderno è inutile, omogeneo, standard come le taglie. Esistono tre taglie, small, medium o large. Ecco credo esistano tre uomini, povero di idee, interessi, creatività, medium, ossia il borghese, più attento ai consumi e alle scelte, con un accesso al denaro facilitato ma non privo di pensieri e il large, tecnicamente il ricco. Ricchezza a mio avviso vuol dire accesso alle opportunità»

«Pensiero di opportunità da ricchezza, pensa così»

"Drama and emotion, flavor and nostalgia, like their sea, strong and masculine, with its rugged and impervious coasts. Like their sun, blinding." "I think, the more sun and salt, the stronger the man. Strength can be many things: strength of expression, strength of feeling, and creativity." "Nowadays, modern man is useless, homogenous, standardized like clothing sizes. There are three sizes: small, medium, or large. I believe there are three types of men: the small, poor in ideas, interests, creativity; the medium, the bourgeois, more attentive to consumption and choices, with facilitated access to money but not devoid of thoughts; and the large, technically the rich. Wealth, in my opinion, means having access to opportunities." "You think in terms of opportunities from wealth, that's how you think."

«Allora vedi il principio è semplice, se pensi dunque sei, e crei opportunità»
«Easy! Pensiero come vita e ricchezza!» «Ora capisci perché io ho fregato i ponti all'Arno?»
«Tu mia strega…dolcetto?»
«Stasera proponiamo la torta classica al cioccolato fondente, bassa e morbida con tocchettoni di cioccolato dark al 90% servita con il mascarpone di nostra produzione per addolcirne il sapore rude e intensamente amaro»
«Mi piace!»
«E per accompagnarla del Porto invecchiato dolce»
«Buono!»
«Io fare te domanda difficile?»
Giovanna si accomodò sul cuscino della sedia in ferro, la sera era accattivante e lusinghiera, le cicale frinivano incessantemente, la luna intera, vicina, sobria e intensamente luminosa li blandiva con bonaria saggezza.

"Then you see, the principle is simple: if you think, you are, and you create opportunities."
"Easy! Thinking like life and wealth!"
"Now do you understand why I stole the bridges of the Arno?"
"You, my witch... a treat?"
"Tonight, we offer the classic dark chocolate cake, low and soft with chunks of 90% dark chocolate, served with our homemade mascarpone to sweeten its rough and intensely bitter taste."
"I like it!"
"And to accompany it, aged sweet Port."
"Good!"
"Can I ask you a difficult question?"
Giovanna settled on the cushioned iron chair. The evening was captivating and flattering. The cicadas chirped incessantly, and the moon, whole, close, sober, and intensely bright, caressed them with kindly wisdom.

«Sì certo!»

«Troppo sì, tu. Io aspettare no»

«Vai George, fammi la tua domanda»

«Perché se tu donna potente, tu bambino con problema?»

Giovanna osservò il volo di una zanzara, zigzagava lentamente attorno alla bottiglia di vino.

«Non lo so»

«Può risolvere?»

«No»

«Accettare?»

«Sì»

«No way in Hell!»

«Vuol dire no?»

«Perdono Giovanna, io propongo te ancora soluzione»

E affondò il cucchiaio tondo nel soffice pan di spagna nero.

«Io pagare te struttura per bimbo, tu studiare. Io pagare te studio. Tu venire vacanza molte volte, sola»

"Yes, of course!"

"Too much yes, you. I can't wait."

"Go ahead, George, ask me your question."

"Why, if you're a powerful woman, do you have a child with a problem?"

Giovanna watched a mosquito lazily circling the wine bottle.

"I don't know."

"Can it be solved?"

"No."

"Accepted?"

"Yes."

"No way in Hell!"

"Does that mean no?"

"I'm sorry, Giovanna. I propose another solution."

He plunged the round spoon into the soft dark sponge cake. "I'll pay for the child's facility, for your child to study. I'll pay for your education. You can come on vacation many times, alone."

Giovanna scosse la testa.

«Impossibile»

«Noi cominciare ma poi non continuare?»

«Io posso continuare con mio figlio, senza è impossibile. Questa è una regola del gioco»

«Tu verità?»

«Sì»

«Assaggia Porto, molto buono»

Giovanna sollevò il piccolo bicchiere, aspirando l'odore forte dell'alcool.

«Noi ora felici, poi salutare?»

«Credo di sì, ma non è sempre così? Prima siamo felici, poi ci salutiamo?»

«Sì, è verità»

«Allora viviamo bene questi giorni, senza rimpianti»

«Vieni voglio fare passeggiata»

S'incamminarono silenziosi tra gli ulivi e la vigna.

Giovanna shook her head.

"Impossible."

"Can we start and then not continue?"

"I can continue with my son, without him, it's impossible. That's the rule of the game."

"Are you telling the truth?"

"Yes."

"Try the Port, it's very good."

Giovanna lifted the small glass, inhaling the strong scent of alcohol.

"Are we happy now and then we say goodbye?"

"I think so, but isn't it always like that? First, we're happy, then we say goodbye?"

"Yes, that's true."

"Then let's enjoy these days without regrets."

"Come, I want to take a walk."

They walked silently among the olive trees and the vineyard.

Lampioncini interrati mostravano il cammino.

Fosse stato semplice seguire nella vita, le luci di un sentiero, invece di inerpicarsi per vie cha apparivano semplici per simpatia e vicinanza ma alla fine si rivelavano impervie e decisamente indigeribili.

«Tu balli?»

«Io? No…ma ti seguo se vuoi»

«Sì, You Tube ha bella canzone e balliamo qui tra gli alberi italiani»

Le note di una chitarra si propagarono nell'aria tiepida.

«Vieni tu abbraccia me e dondoliamo in due»

«Ok, sembra semplice»

«Io baciare anche»

Si abbracciarono stretti e lui le baciò i capelli mossi dal venticello, la fronte e il collo.

Embedded lanterns illuminated their path. If only life were as simple as following the lights on a trail instead of navigating through paths that seemed straightforward due to their sympathy and proximity but ultimately proved to be challenging and quite indigestible.

"Do you dance?" George asked.

"Me? No... but I can follow if you want."

"Yes, there's a nice song on YouTube, and we can dance here among the Italian trees."

The notes of a guitar filled the warm air.

"Come, embrace me, and let's sway together."

"Okay, it sounds simple."

"I'll even give you a kiss."

They held each other tightly, and he kissed her wavy hair, her forehead, and her neck.

Lei si rintanò tra le sue braccia, carpendo quella sensazione estranea di protezione per trattenerla nella memoria.

Si baciarono teneramente di piccoli baci ripetuti a fior di labbra.

«Innamorati vogliono amore, amore bello quando dramma…»

«Tu mi ami?»

«Certainly!»

«Voi inglesi siete incredibili, parlate di amare una donna come di quanto latte aggiungere nel thè con la stessa tonalità della voce»

«Tu ami me?»

«Credo di sì»

«E' affare complicato. Io amo te, tu ami me, come pensare di salutare?»

«Ci penseremo domani sera, vuoi?»

«Domai sera, ok! Prima cosa buona tu dici!»

She nestled into his arms, savoring the unfamiliar sensation of protection to hold in her memory. They kissed tenderly with small, repeated kisses on the edge of their lips.

"People in love want love, beautiful love when it's dramatic..."

"Do you love me?" Giovanna asked.

"Of course!"

"You English people are incredible. You talk about loving a woman as if you're discussing how much milk to add to your tea, with the same tone of voice."

"Do you love me?"

"I think I do."

"It's a complicated affair. I love you, you love me. How can we think about saying goodbye?"

"We'll think about it tomorrow night, okay?"

"Tomorrow night, okay! That's the first good thing you've said!"

Si svegliarono abbracciati alle prime luci dell'alba, George le sfiorò gentilmente la tempia, ponendo un piccolo bacio paterno sulla fronte.

Lei lo abbracciò strettamente. Si sentiva un recipiente vuoto da riempire con queste nuove benefiche emozioni.

«Tante ore per Napoli?»

«Mm sì, almeno cinque…dovremmo partire adesso subito se vogliamo arrivare per pranzo»

«Abbiamo dormito poco…» rise piano George.

«Guido io, sono sveglia»

«Tu uomo!»

Poi le fu sopra affettuoso, baciandola teneramente.

«Pizza e mandolino?»

Lei rise allegra, sfoderando una dentatura incredibilmente candida.

«Sì!»

«Let's go!»

They woke up, wrapped in each other's arms, as the first light of dawn crept through the window. George gently brushed her temple and placed a small, paternal kiss on her forehead. She hugged him tightly, feeling like an empty vessel being filled with these newfound, comforting emotions.

"How many hours to Naples?" George asked.

"Well, at least five… we should leave right away if we want to arrive in time for lunch."

"We didn't sleep much…" George chuckled softly.

"I'll drive, I'm awake."

"You're quite the man!"

Then, he playfully leaned over her, showering her with tender kisses.

"Pizza and mandolin?" he suggested.

She laughed joyfully, displaying an incredibly white smile.

"Yes!"

"Let's go!"

Il viaggio era semplice, tutta autostrada quasi dritta, qualche lavoro, cambi di corsia, segnalazioni luminose e operai al lavoro, ma nessuna coda antipatica. Le note di un malinconico jazz li accompagnavano assonnati, il sole già alto nel cielo li rincuorava di splendide avventure estive, che nessuna nuvola avrebbe turbato il loro umore.

«Passiamo Roma?»

«Io Roma tante volte! Carciofi alla Romana…very good!»

«Ok allora andiamo diretti, chi paga le multe?»

«Tu piano, baby…»

«Velocità di crociera 140 km/h! Siamo perfetti! Arriviamo tra circa un'ora e mezza»

«Cosa volere studiare tu?»

Giovanna ci pensò seriamente.

The journey was straightforward, mostly on the highway with a few roadwork zones, lane changes, flashing signs, and construction workers, but no annoying traffic jams. The notes of a melancholic jazz tune accompanied them, lulling them into a bit of drowsiness. The sun, already high in the sky, reassured them about the splendid summer adventures ahead, with no clouds to dampen their spirits. "Should we pass through Rome?" George asked.

"I've been to Rome many times! Artichokes Roman style... very good!"

"Okay, then let's go straight through. Who's paying for the speeding tickets?"

"Take it easy, baby..."

"Cruising at 140 km/h! We're doing great! We should arrive in about an hour and a half."

"What do you want to study?" Giovanna thought about it seriously.

In verità non aveva una preferenza, oppure non aveva avuto l'opportunità di definire una preferenza. La vita era andata così, un po' per conto suo, con un'anima triste che non possa sorprenderti benevolmente.

Indossava dei pantaloncini da basket larghi e lunghi sopra il ginocchio, con un comodo elastico in vita, un top semplice e fresco che le lasciava scoperto l'ombelico e la vita stretta.

Lui la fissò, impeccabile nel completo casual in lino beige.

Sorrise, «Tu sempre bambina…»

«Dovrai comprarmi qualcosa da indossare, mi spiace»

«Io comprare quello che vuoi, ma tu volere converse…ahi ahi»

In truth, she didn't have a preference, or perhaps she hadn't had the opportunity to define one. Life had gone on, somewhat on its own, with a melancholic soul that couldn't pleasantly surprise you.

She was wearing loose basketball shorts that fell just above her knees, with a comfortable elastic waistband, a simple and cool crop top that exposed her belly button and cinched waist.

He looked at her, impeccable in his casual beige linen suit.

He smiled, "You always look like a kid..."

"You'll have to buy me something to wear, I'm sorry."

"I'll buy you whatever you want, but you want Converse sneakers... uh-oh."

«Penso che vorrei riprendere gli studi di matematica, mi piacerebbe forse frequentare architettura o design e lavorare per qualche studio importante»

«Credo sia desiderio normale, tu no detto ingegnere aerospace engineer, tu umile desiderio» «Da piccola mi piaceva disegnare e facevo davvero delle case bellissime, delle ville con la piscina, la spa, giardini pensili, viali alberati e poi mi immaginavo due persone felici che vivevano nella mia bella casa»

«Sogno di bambina»

«Perché i sogni devono essere difficili, forse tutti i sogni possono essere realizzati. Se io fossi Dio, vorrei un mondo felice, bambini che hanno cibo e cure, terre dove non manca l'acqua.

"I think I'd like to resume my studies in mathematics. I might want to attend architecture or design school and work for some prominent firm."

"I think that's a normal desire. You didn't mention becoming an aerospace engineer. It's a humble desire."

"When I was little, I loved to draw, and I used to create beautiful houses, villas with pools, spas, rooftop gardens, tree-lined avenues. Then I'd imagine two happy people living in my beautiful house."

"A childhood dream?"

"Why should dreams be difficult? Perhaps all dreams can come true. If I were God, I'd want a happy world, children with food and care, lands where water isn't scarce."

Abolirei il denaro, lo sostituirei con una forma di credito direttamente proporzionale alla morale e al costume eticamente corretto. Se io fossi Dio penso che non permetterei che certi bambini nascano senza opportunità. Vorrei che tutti fossero felici e immaginerei per loro dei Paradisi fatti di dolci e giochi, come nel palese dei Balocchi di Pinocchio»

«Credo no Università per diventare Dio…molto complicato»

«Ecco potresti finanziarmi una Onlus che curi i bambini con deformazioni genetiche o psichiche. Un Centro di ricerca che io potrei guidare e dirigere con i tuoi soldi. E in questo contenitore potrei inserirvi anche mio figlio degnamente»

Trattenne il respiro.

«Tu scherzi?»

"I would abolish money and replace it with a form of credit directly proportional to one's morals and ethically correct behavior. If I were God, I don't think I would allow certain children to be born without opportunities. I'd want everyone to be happy and I'd imagine paradises for them, made of sweets and games, like the Land of Toys in Pinocchio." "I think there's no university to become God... it's too complicated."

"Well, you could finance a non-profit organization that takes care of children with genetic or psychological deformities. A research center that I could lead and manage with your money. And within this organization, I could also provide for my son decently."

He held his breath.

"Are you joking?"

«Non so è un'idea…»
«Tu vuoi 1 milione di euro per Centro Ricerca?»
«Non ho idea dell'importo, credo che potrei trovare dei finanziatori tra i tuoi amici o clienti e chiederli a loro, poi lo gestirei io per te. Forse potresti ottenerne anche un guadagno alla fine dell'anno, con la divisione dei dividendi»
«Onlus…posso avere mio investimento restituito no dividendi»
George alzò il volume del jazz.
«Io pensare. No capire se tu strega o pazza»
«Era per parlare, le idee credo nascano così»
«Parlare di tempo, sole, pioggia, nuvole, umidità. Parlare di governo, tasse, consumi o concept style. Parlare anche di mio lavoro come engeneer. Ma no parlare di 1 milione di euro per Onlus»

"I don't know, it's just an idea..." "Do you want 1 million euros for a Research Center?" "I have no idea about the exact amount. I believe I could find financiers among your friends or clients and ask them for support. Then I would manage it for you. Maybe you could even get a return on investment at the end of the year, with profit sharing." "It's an NGO... I can have my investment back, no dividends." George turned up the jazz music. "I'm thinking. I don't know if you're a witch or just crazy." "It was just to talk, I believe ideas are born that way." "Talk about weather, sun, rain, clouds, humidity. Talk about government, taxes, consumption, or concept style. Talk about my job as an engineer. But not talk about 1 million euros for an NGO."

«Ok vuoi dire che abbiamo dei limiti di buona educazione anche nel parto dei sogni?»
«Brava! Tu no capra. Education, very good!»
«A breve saremo a Napoli, vuoi cortesemente cercare su Google un ristorante che ti piaccia? Vuoi che sia così?»
«Oh Yeah! Così ok!»
«Io credo alla fine che sei tu il preistorico tra noi due»
«Preistorico?»
«Uomo scimmia»
«No io scimmia! Tu scimmia! Ricordi? Tu pelliccia come animale»
«Sì vero»
«Donne sempre mute come pesci. Così affascinanti. Quando donna parlare, strega»
«Può essere George, infatti ho sbagliato, mi scordo chi sei. Ti do troppa fiducia.

"Okay, are you saying that we have limits of good manners even in giving birth to dreams?"
"Good! You're not a goat. Education, very good!"
"We'll be in Naples shortly. Would you kindly search on Google for a restaurant you like? Is that okay with you?"
"Oh yeah! That's fine!"
"In the end, I think you're the prehistoric one between us."
"Prehistoric?"
"A caveman."
"No, I'm not a caveman! You're a cavewoman! Remember? You wore fur like an animal." "True."
"Women are always as quiet as fish. So fascinating. When a woman talks, it's like witchcraft."
"Maybe, George. In fact, I was wrong. I forget who you are. I trust you too much."

Vedi tu hai fatto un errore con me, mi hai dato fiducia, emozioni, mi hai fatto mutare pelle, e ora che sono te, ti rammarichi che voglia condurti a cambiare pelle a tua volta»

«Rapporti così fatica»

«Eppure sono i rapporti che funzionano meglio, quelli dove vicendevolmente si tira la carrozza»

«Carrozza?   Ancora Principe!»

Giovanna stirò un sorriso, comprendeva che aveva toccato un limite, il limite di immaginarsi con lui domani.

«Io no volere famiglia. Io no donna, no sposa, no figli. Io 57 anni! E sempre così»

«Ok…se sei contento…»

«Io felice con mia vita. Mia vita serena, senza stress»

«Certo i cambiamenti sono stressanti, è vero. E faticosi. Io lo so»

"You see, you made a mistake with me. You gave me trust, emotions, you made me change my skin, and now that I am you, you regret that I want to help you change your skin in turn." "Relationships are hard." "Yet, relationships that work best are those where we both pull the carriage."

"Carriage? Still a prince!"

Giovanna forced a smile, realizing she had touched a limit, the limit of imagining herself with him tomorrow.

"I don't want a family. I'm not a wife, no children. I'm 57! And always like this."

"Okay, if you're happy..."

"I'm happy with my life. My life is peaceful, without stress."

"Of course, changes are stressful, it's true. And exhausting. I know."

«Allora io scelto Pizza. Ecco address»

«Bene ho proprio una fame da lupi!»

«Donna quando no pelliccia, diventa aggressive come lupo. Dice sì, ha fame, ha idee…io credo donna meglio quando passive woman»

Giovanna rise amaramente, tutti gli uomini preferivano le donne passive.

«Sai credevo fosse ambito dell'uomo italiano concepire la donna come passiva. Intraprendente e charmant a letto ma zero responsive nella quotidianità»

George rise di gusto, sovrastando un assolo di sassofono e abbassò la musica.

«Tu di nuovo simpatica, piace me, donna zero responsive»

«Mi vuoi così George?»

Chiese arrendevole.

"So, I choose pizza. Here's the address."

"Well, I'm absolutely starving!"

"When a woman isn't wearing fur, she becomes as aggressive as a wolf. She says yes, she's hungry, she has ideas... I believe women are better when they're passive women."

Giovanna chuckled bitterly; it seemed like all men preferred passive women.

"You know, I thought it was an Italian man's thing to perceive women as passive. Enterprising and charming in bed, but unresponsive in everyday life."

George laughed heartily, overpowering a saxophone solo, and lowered the music. "Do you want me like this, George?"

She asked in a yielding tone.

George ci pensò seriamente.

«Sincero, sì, I want zero problems, zero interaction, always. I believe it's impossible. Possibile: Few problems, easy communication?»

«Questa è easy communication. Come vedi non abbiamo mai alzato la voce, anzi hai anche riso molte volte, per me è easy communication. Tu però vuoi di più vero?»

«Sì Giovanna. Io voglio donna che fa mio pensiero. Uguale uguale»

«Ok pensi che così diventi facile facile? Una scimmietta, un burattino che dica e pensi come te, nel tuo stesso modo, con la tua stessa deformazione da ingegnere?»

«Tu orgasmo questa mattina?»

George pondered it seriously.

"Honestly, yes, I want zero problems, zero interaction, always. I believe it's impossible. Possible: Few problems, easy communication?" "This is easy communication. As you can see, we've never raised our voices, and in fact, you've laughed quite a few times. For me, it's easy communication. But you want more, don't you?"

"Yes, Giovanna. I want a woman who thinks like me. Exactly the same."

"Okay, do you think that by having someone who thinks exactly like you, it becomes easy-peasy? A little monkey, a puppet who speaks and thinks just like you, in your own way, with your engineer's mindset?"

"Did you have an orgasm this morning?"

«ODDIOOO!!! Mi stai dicendo che mi arrabbio perché sono insoddisfatta sessualmente?»
Giovanna accostò in una stradina laterale.
«Cosa fare tu? Tu pazza?»
«George! Non posso continuare. Sono innamorata! Davvero! Mi dispiace dirlo così, con questo tono…come se dicessi Ti odio, però il pensiero che probabilmente questa sera ti saluto per sempre, mi rende folle! Folle capisci?»
«Tu respira…futuro no scritto»
«E poi sei incredibilmente calmo, non è possibile arrabbiarsi con uno calmo così, dovresti urlare e bestemmiare con me, allora mi calmerei io, capisci?»
«Io urlare per non urlare tu?»

"OH MY GOD!!! Are you telling me I'm angry because I'm sexually unsatisfied?"
Giovanna pulled over into a side street.
"What are you doing? Are you crazy?"
"George! I can't go on like this. I'm in love! Really! I'm sorry to say it like this, with this tone... like I'm saying I hate you, but the thought that I might be saying goodbye to you forever tonight is driving me crazy! Crazy, do you understand?"
"Just breathe... the future is not written."
"And you're incredibly calm. It's impossible to get angry with someone so calm. You should be yelling and cursing with me, then I might calm down, do you understand?"
"Should I yell just to yell with you?"

Giovanna rise forte, era paradossale, ma l'ansia le cresceva in petto senza un controllo e batteva prepotente e assetata.

Lei lo abbracciò, lui la strinse, confuso, ma rispose all'abbraccio.

«Tu serena, noi pizza, poi parlare»

«Mi sembra di avere un timer in testa che scandisce il tempo»

Le accarezzò amorevole la schiena.

«Self control, noi pizza, io guida»

La lasciò, facendola scendere dall'auto.

In verità erano quasi arrivati, parcheggiò in un parking controllato e a pagamento e a piedi si diressero verso la piazza assolata.

Vicina a Piazza della Carità in pieno centro era raggiungibile solo a piedi.

Giovanna burst into laughter, it was paradoxical, but her anxiety was growing in her chest without control, and it beat forcefully and thirstily.

She hugged him, and he responded to the embrace, albeit confused.
"You be calm, we'll have pizza, then we can talk."
"It's like I have a timer in my head that's counting down the time."
He lovingly stroked her back. "Self-control, we'll have pizza, I'll drive."
He let her go, helping her out of the car. They were almost there. He parked in a controlled and paid parking area, and they headed on foot towards the sunny square. Near Piazza della Carità in the heart of the city, it was only accessible on foot.

Un piccolo ristorantino, con un tendone sbiadito e qualche tavolo di plastica all'esterno. Un logo inequivocabile riportava uno chef sorridente e barbuto mentre serviva la migliori delle pizza margherita. Entrarono, se all'apparenza sembrava un locale modesto, all'interno l'arredamento rustico, il grande forno e i numerosi tavoli in legno facevano immediatamente comprendere che era un locale frequentato assiduamente. Vociare e calore, un inconfondibile aroma di pane al forno, cameriere attillate che spintonavano per raggiungere i tavoli con enormi piatti tondi piani in equilibrio.

«Famoso per le pizze farcite di ricotta e a stella»

«Tu parlare, io paura»

A small restaurant with a faded awning and some plastic tables outside. An unmistakable logo displayed a smiling, bearded chef serving the best Margherita pizza. They entered, and although it appeared modest from the outside, the rustic interior, the large oven, and the numerous wooden tables immediately conveyed that it was a well-visited establishment. There was chatter and warmth, and an unmistakable aroma of freshly baked bread filled the air. Waitresses in tight-fitting attire squeezed through to reach tables with huge, flat, round plates balanced on their arms.

"Famous for its stuffed ricotta and star-shaped pizzas."

"You talk, I'm scared"

George replied.Giovanna sorrise, l'atmosfera era chiaramente anti inglese.

«Salve abbiamo prenotato un tavolo per due, dentro con l'aria condizionata meglio»

Al di fuori, sulla Piazza il cemento bianco già scottava seppur a giugno.

«Certo! Ecco il vostro tavolo signori! Accomodatevi!»

«Cosa bere con pizza? Vino? Cappuccino?»

«Sciocchino non sei così sprovveduto dei costumi locali, prenderemo una bella birra ghiacciata! A te piace scura, vero? Una Guiness!»

«Guiness no pizza, meglio Weiss con piccola fetta limone, please»

«Prendiamo una Ripieno Rotondo e Una Ripieno forno o fritto…sono buone?»

«Signò al bacio!»

George replied. Giovanna smiled; the atmosphere was clearly anti-English.

"Hello, we've booked a table for two, inside with air conditioning, please," Giovanna said.

Outside, on the square, the white concrete was already scorching even though it was June.

"Of course! Here's your table, folks! Please, have a seat!" "What should we drink with pizza? Wine? Cappuccino?" George asked. "You're not so unfamiliar with local customs, my dear. Let's have a nice cold beer! You like the dark one, right? A Guinness!" "No Guinness with pizza, better a Weiss with a small lemon slice, please." "Let's have one Ripieno Rotondo and one Ripieno Forno or Fritto... are they good?"

"Absolutely delicious!"

«Ok perfetto e due Weiss freddissime con una fetta di limone»

«Due Weiss al tavolo 4, subito! Col Limone per la bella signorina!» urlò.

«Se vengo Inferno, immagino qui»

Giovanna rise. Era vero. Non comprendeva se il teatro inscenato per i turisti fosse artificiale o naturale. Era come quei bei fondali marini degli acquari, sono talmente suggestivi, colorati, mobili che sembrerebbe li abbiamo rubati al mare con i pesci al loro interno già incorporati.

E Invece scopri che sono di plastica, i pesci sono tristi e malati e l'investimento per mantenere un acquario di acqua salata pulito e sano, davvero oneroso.

«Noi scappare con pizza!» George le prese le mani, sollecito.

"Okay, perfect, and two ice-cold Weiss beers with a slice of lemon," Giovanna added. "Two Weiss beers for table 4, right away! With lemon for the lovely lady!" the waiter shouted.

"If I end up in Hell, I imagine it would be something like this," Giovanna joked.

She laughed. It was true. She couldn't tell if the theatrics put on for tourists were artificial or natural. It was like those beautiful underwater scenes in aquariums – they looked so captivating, colorful, and vibrant that it seemed like they'd been stolen from the sea with the fish already incorporated. But then you'd find out they were plastic, the fish were sad and sickly, and the investment to maintain a clean and healthy saltwater aquarium was truly burdensome. "Let's escape with pizza!" George said, taking her hands, eager to change the subject.

«Vedrai, non è detto che esce dai tuoi placidi schemi, sia negativo.

In poco tempo le pizza fumanti vennero adagiate sui loro piatti.

Di favolosa concezione, un impasto morbidissimo, alto ai bordi, sottilissimo al centro. Il bordo racchiudeva un filante e morbido impasto di ricotta, formaggio e verdura fritta, avvolta nell'impasto della pizza morbidamente.

Nel palato, il boccone non si masticava, si scioglieva, con una leggerezza unica, la mozzarella filava ma non eccessivamente ed era quasi compatta, non acquosa. L'interno, il cuore pulsante della creazione, celato da una foglia di prezzemolo fresca, risultava quasi impalpabile, come se avessimo assaggiato un cucchiaio di pomodoro di Pachino con due tocchetti di mozzarella di Bufala insieme.

"You'll see, just because it steps out of your placid schemes doesn't necessarily mean it's negative."

In no time, the steaming pizzas were placed on their plates. Of fabulous conception, the dough was incredibly soft, thick at the edges, and very thin in the center. The crust enclosed a stringy and soft mixture of ricotta, cheese, and fried vegetables, wrapped in the pizza dough. In the palate, the bite wasn't chewed; it melted with a unique lightness. The mozzarella stretched but not excessively and was almost compact, not watery. The interior, the pulsating heart of the creation, hidden by a fresh parsley leaf, was almost ethereal, as if they had tasted a spoonful of Pachino tomatoes with two morsels of buffalo mozzarella together.

Il sapore di mediterraneo, intenso e vivo era afrodisiaco, impareggiabile. George masticava in silenzio, elogiando la squisita fattura gesticolando con le mani che brandivano coltello e forchetta.

«Signò! Non ho potuto non notare che siete stranieri! Allora la pizza si mangia con le mani! Via le posate, sono per i mosci, si arrotola un pochino il centro e si solleva dal bordo, e poi tutta in bocca. Deve sbrodolare! Così si mangia a Napoli!»

George lo guardò come un Neanderthal, ma seguì le istruzioni, finendo per imbrattarsi di sugo la camicia di lino.

Il cameriere rise saputo, evidentemente solo a Napoli, non si sporcavano.

«Io credo che userò le posate, non ho un cambio…»

The intense and lively Mediterranean flavor was aphrodisiac, unparalleled. George chewed in silence, praising the exquisite craftsmanship while gesturing with his hands that held the knife and fork.

"Signore! I couldn't help but notice that you're foreigners! Well, pizza is eaten with your hands! Put away the cutlery; it's for the timid. You roll up the center a bit and lift it from the edge, then straight into your mouth. It should drip! That's how we eat it in Naples!" George looked at him like a Neanderthal but followed the instructions, ending up with tomato sauce on his linen shirt. The waiter chuckled knowingly, apparently in Naples, they didn't get dirty. "I think I'll use the cutlery; I don't have a spare shirt..."

«Forse tovagliolo come bimbo»
George sollevò il bicchiere di Weiss.
«Giovanna brindisi a te che fatto scoprire questo buon cibo»
«Grazie» sorrise dolcemente, illuminando lo sguardo.
«Grazie a te che mi hai regalato questa bellissima vacanza»
«Avete mai mangiato la cassata?»
«Sinceramente no»
«La cassata napoletana è uno dei dolci italiani più antichi! Non è fatta di ricotta di pecora come quella siciliana, ma di latte vaccino e porta il pan di spagna imbevuto di liquore Strega all'interno, 'na buntà! Fredda e compatta, se appena sfornata, rimane morbida morbida all'interno come nu gelato»
«Ok, due!»

"Maybe a napkin like a child," George suggested.

He raised his glass of Weiss. "Giovanna, a toast to you for introducing me to this delicious food."
"Thank you," she smiled sweetly, lighting up her eyes. "And thank you for giving me this wonderful vacation."
"Have you ever tried cassata?"
"Honestly, no."
"Neapolitan cassata is one of the oldest Italian desserts! It's not made with sheep's ricotta like the Sicilian one, but with cow's milk, and it has sponge cake soaked in Strega liqueur inside. 'Na buntà! When it's fresh out of the oven, it's soft inside like ice cream."

"Okay, two!"

«Due per la bella signora bionda!»

«Deve essere lo iodio e il mare a farli restare magri» George rise di gusto.

«Vacanza finita, io grasso come maiale!»

Le prese la mano dolcemente, baciandone il palmo.

«Tu chiedere stanza?»

«Mi vergogno, le donne qui al sud non sono così ardite, non si permettono. E' l'uomo che fa queste cose, noi siamo come delle rose, ignare del nostro splendore afrodisiaco»

«Tu uomo! Loro non sanno…»

«Comunque qui credo non abbiano stanze, cerchiamo un alberghetto dal mare, che ne dici? Guardo su Booking»

«Andiamo anche al mare, sotto ombrellone, bagniamo piedini»

"Two for the beautiful blonde lady!" the waiter announced.

"It must be the iodine and the sea that keeps them so slim," George chuckled.

"Vacation's over, and I'm as fat as a pig!" he added.

He took her hand gently, kissing the palm. "Do you want to ask about a room?"

"I'm embarrassed. Women here in the South aren't so bold. We don't dare. It's the men who do these things. We're like roses, unaware of our aphrodisiac splendor."

"You're a man! They don't know..."

"Anyway, I think they don't have rooms here. Let's look for a small hotel by the sea, what do you think? I'll check on Booking."

"Sounds great. We can also go to the beach, sit under an umbrella, and dip our feet in the water."

«Io chiamo tua agenzia, voglio domani aereo, no stasera. Io stanco!»

«L'aereo è a Roma alle 20.05»

«Sì, noi bene qui…fatica correre, aereo, check in… terrifying» e rabbrividì.

«Coffee?»

«Ci porta per favore due espressi ristretti con un goccio di latte freddo e senza zucchero?»

«Ti sposto l'aereo a domani mattina a Roma per le 12 circa, così possiamo trascorrere una bella giornata al mare oggi, va bene?»

«Sì Giovanna, va bene, tu strega, uomo, capra con pelliccia!»

«Chiedi stanza?»

«No»

«Information»

«No»

«Tu uomo, normal for you»

«No»

"I'll call your agency. I want a flight for tomorrow, not tonight. I'm exhausted!"

"The plane is in Rome at 8:05 PM."

"Yes, we're fine here. Running around, catching a plane, check-in... it's terrifying," George shuddered.

"Coffee?"

"Could you please bring us two short espressos with a splash of cold milk and no sugar?"

"I'll move the flight to tomorrow morning in Rome, around 12 o'clock, so we can spend a nice day at the beach today. Is that okay?"

"Yes, Giovanna, that's fine. You're a witch, a man, a goat with fur!"

"Are you going to ask about a room?"

"No."

"Information?"

"No."

"You're a man, it's normal for you."

"No."

«Se tu chiedere stanza, io conoscere tuo figlio»
Giovanna spalancò gli occhi.
«Ti stai arrendendo?»
«Io provo, come provo pizza»
«Devi darmi la mano e suggellare l'accordo così»
«Tu vuoi anche sputo su mano?»
«Sei serio?»
George rise, «No. This is a joke»
«Mi può consigliare un albergo qui nelle vicinanze? Magari sul mare»
«Qui siamo in centro, il mare è lontano. Comunque molto bello è il Regina Elena, vicino al Bagno Elena e al Lido Mappatella»
«Ok bello! Mi dice la via che lo cerchiamo su maps?»
«Faccio di più, 'n amico mio vi ci porta»

"If you ask for a room, I'll introduce you to your son."
Giovanna widened her eyes. "Are you giving in?"
"I'm trying, like I'm trying pizza."
"Do you have to shake my hand and seal the deal like this?"
"Do you want me to spit on my hand too?"
"Are you serious?"
George laughed. "No, this is a joke."
"Can you recommend a hotel nearby? Maybe by the sea."
"We're in the city center here; the sea is a bit far. Nevertheless, the Regina Elena is very nice, near Bagno Elena and Lido Mappatella."
"Great! Can you give me the address so we can look it up on maps?" "I'll do one better. A friend of mine will take you there."

«Ma no fa niente, preferiamo maps…»
«Macchè queste mordenerie! Qui stiamo cusì, 'n amico vi porta e voi lo ringraziate!»
«Si va a piedi?»
«No è lontano 'signò, voi prendete la macchina e lui viene con voi e vi dice la strada»
«Come Maps!»
«Come ammaps!»
«Andiamo George, ci portano in bel posto!»
«Sicura? Guida dice chiaro no andare amico»
«Ma figurati, sono italiana!»
«Anche gattino in giungla, animale»
Si presentò davanti a loro, un ragazzino in pantaloncini e maglietta, scuro in volto e con i capelli di un nero intensissimo.

"But it's no trouble; we prefer to use maps..."
"Forget about these modern gadgets! You'll stay right here; my friend will take you, and you'll thank him!"
"Do we walk there?"
"No, it's far, signora. You take the car, and he'll go with you and show you the way."
"Like maps!"
"Exactly, like ammaps!"
"Let's go, George; they'll take us to a nice place!"
"Are you sure? The guide clearly says not to go with strangers."
"Don't worry, I'm Italian!"
"Even a kitten in the jungle is an animal."

Before them stood a young boy in shorts and a T-shirt, with a sun-kissed complexion and intensely black hair.

Due occhi marroni e mani e piedi sproporzionati al resto del corpo in crescita.

«Ci porti tu?»

«Sì signò»

«Non devi andare a scuola?»

«Finita!»

«A giugno? Ok! Sali in macchina»

Il ragazzetto era esterrefatto, si mise compito al posto del passeggero.

«Se rubi io picchio, se no rubi io faccio regalo»

«Ok regalo? Soldi?»

«Sì io do te soldi ma tu buono»

«Signò vai a destra e poi ancora a sinistra, gira qui e poi dritto»

Giovanna seguiva le indicazioni.

«Aspè, ferma qui!»

Si arrestò al marciapiedi.

Two brown eyes and hands and feet disproportionate to the rest of his growing body.

"Are you taking us?" Giovanna asked.

"Yes, signò."

"Don't you have to go to school?"

"School's out!"

"In June? Alright, get in the car."

The young boy was astonished and obediently took the passenger seat.

"If you steal, I'll hit you. But if you don't steal, I'll give you a gift."

"Alright, a gift? Money?"

"Yes, I'll give you money, but you have to be good."

"Signò, go right and then left, turn here, and then go straight."

Giovanna followed his directions. "Wait, stop here!" She pulled over to the side of the road.

Il ragazzino tirò fuori dalla tasca un Iphone 12 nuovo di zecca e si fece un selfie, scendendo dalla macchina.
«Ragazzi, venite 'a vedè, stongo cu 'e doje stranieri 'e na macchina bellissima»
Giovanna guardò complice George.
«Lo lasciamo qui?»
«Tu crudele, io selfie con lui»
Arrivano cinque ragazzetti tatuati, con orecchini alle orecchie e ciuffi neri volteggianti.
«Io so' 'o cchiù figo 'e voi, appriesso mi fann'gghià guidà a me»
«Senti genio, sali un po' se no parto!»
«Ok, nun 'a ffà spessa, quanno se vede 'na macchina 'e sta bellezza ccà»
«Ok io parto»
«Giovanna…prima coraggio poi subito paura. Vedi tuo George ragione»

The boy took out a brand new iPhone 12 from his pocket and took a selfie before getting out of the car. "Hey guys, come see, I'm with these two foreigners in a beautiful car." Giovanna looked at George with a knowing smile.
"Do we leave him here?" she asked.
"You're cruel, I'll take a selfie with him," George replied.
Five tattooed boys with earrings in their ears and black tufts of hair approached.
"I'm the coolest among you, they're going to let me drive," one of them boasted.
"Listen, genius, get in a bit or I'll leave without you," Giovanna warned.
"Okay, don't get all worked up, when you see a car like this, it's hard to resist."
"Alright, I'm leaving."
"Giovanna... first courage, then immediately fear. See, your George is right."

«Mio George dia un po' di soldi a questi cosi che andiamo»

Nel frattempo un cappello di ragazzetti sparavano foto come munizioni a salve.

George scese sotto lo sguardo attonito di Giovanna e si unì ai selfie.

«Sto straniero è simpatico, 'sta vota nun te rubbamo 'o portafoglio»

E tra pacche sulle spalle, scatti e sorrisi, George riportò il ragazzetto in macchina, salutarono la banda e si avviarono per la strada.

«Vai a dritto, poi 1 km e parcheggia»

«Ci sarà il parcheggio dell'hotel…»

«No, lì 'a rubbano, se la metti 'e fora, 'o guardo io»

«Noi partiamo domattina presto, va bene il parcheggio dell'hotel, grazie però!»

George handed some money to the boys, and meanwhile, a gang of them fired off photos like blank shots. "My George, give some money to these guys before we go," Giovanna said. In the meantime, the group of boys continued taking pictures. "My George is nice, this time we won't pick your wallet," one of them said with a laugh. Amidst pats on the back, more snapshots, and smiles, George eventually got the boy back into the car. They bid farewell to the group and proceeded down the road. "Keep going straight, then 1 kilometer and park," the boy instructed. "But there's the hotel parking..." "No, they steal cars there. If you leave it outside, I'll watch over it." "We're leaving early tomorrow, so the hotel parking will be fine, but thanks!"«If I had been good, my father would give me money in an envelope»

«E che dicite?»

«Scuola per bambini! Tieni»

E gli porse due banconote da venti euro.

«Signo' grazie!!»

E scese velocemente dall'auto per paura che probabilmente ci fosse un ripensamento sulla somma elargita.

«Sei stato carino!»

«Paura che lui prenda di più da solo»

E risero entrambi.

L'Hotel Regina Elena era lussuoso, comodo e con una vista incredibilmente suggestiva.

Portarono i pochi bagagli al piano attico.

«Very good!» George si diresse alla ampia terrazza, uscì e aspirò a pieni polmoni l'odore di salmastro e iodio, di sale e pesce, l'odore salato del sole sulla pietra, sulla pelle accaldata.

"What do you think?" Giovanna asked.

"School for kids! Here you go," George replied, handing him two twenty-euro bills.

"Thank you, sir!" the boy exclaimed, quickly exiting the car, fearing that perhaps the amount offered might change.

"You were nice!" Giovanna commented.

"I was worried he'd ask for more if I left it up to him," George admitted, and they both laughed.

The Hotel Regina Elena was luxurious, comfortable, and offered an incredibly picturesque view. They carried their few bags to the penthouse.

"Very good!" George headed for the large terrace, walked out, and took in deep breaths of the salty sea air, the scent of seaweed and iodine, salt and fish, the salty aroma of the sun on the stone, on his overheated skin.

«Fantastic!»
Il brulicare intenso del molo e del lido adiacente appariva remoto e lontano.
«In alto, the perspective is favorable for observation»
Lei lo raggiunse.
«Sì è vero, immagino perché i cecchini scelgano avamposti ai piani alti, c'è un certo distacco alle cose materiali, da quassù. Gli uomini come formiche, macchine come giocattoli, un diverso punto di vista, più eterno, meno materiale»
«Brava! Vedi cielo! Vedi mare! No little man!»
Si baciarono a fior di labbra.
«Tu bagnetto with me?»
«Sì, io bagnetto!»
«Donna dice sì, Dangerous woman»
Giovanna si liberò del top, liberando i seni e corse verso il bagno, ridendo.
«Io buttare tue Converse»

"Fantastic!" George exclaimed. The intense bustle of the pier and the adjacent beach seemed distant and far away from up there.
"In the heights, the perspective is favorable for observation," he said.
She joined him. "Yes, it's true. I imagine that's why snipers choose vantage points on higher floors. There's a certain detachment from material things up here. People like ants, cars like toys, a different perspective, more eternal, less material."
"Well said! See the sky! See the sea! No little man!"
They shared a brief kiss.
"You want to take a dip with me?" he asked.
"Yes, I want to take a dip!"
"Dangerous woman," he said with a smile. Giovanna playfully removed her top, freeing her breasts, and ran towards the bathroom, laughing.
"I'll throw your Converse away!" George teased.

CAPITOLO UNDICESIMO

La sera sopraggiunse veloce, il cielo ardette e poi calò il buio.

Si erano appisolati, dopo l'amore, sul grande letto matrimoniale.

«Amore, è tardi…se vogliamo cenare, sarà meglio vestirsi»

«No spagna noi?»

«Non so fino a che ora sono aperti i locali, sono le 21,47! Abbiamo dormito cinque ore!»

«Hook it up to the room»

«Non ho capito, però ho voglia di vedere Napoli di sera, deve essere magica! Vieni dai…»

«No, io paura! Meglio qui, sicuro, chiama service room»

CHAPTER ELEVEN

Evening descended swiftly, the sky ablaze before gradually surrendering to the cloak of night. They had dozed off, having shared a moment of intimacy on the ample king-sized bed.

"My love, it's getting late... If we wish to dine, it might be prudent to get dressed," suggested Giovanna.

"How about ordering some room service?" George proposed. "I'm not sure how late the local restaurants stay open. It's already 9:47 PM! We've been asleep for five hours!" she remarked. "Why don't we arrange for in-room dining?" George suggested once more. "I didn't quite understand that, but I am rather eager to experience the charm of Naples by night. It must be enchanting! Come on..."

"No, I'm a bit apprehensive! Staying in seems safer. Let's call room service."

Cenarono in accappatoio sulla terrazza, con un risotto di pesce spada e un Falanghina Biondo fermo allegro e brioso come l'aria della sera.

«Davvero avevi paura di girare di sera?»

George rise, allargando le braccia dell'accappatoio.

«Nooo, io stanco. I am tired of you»

E sghignazzò felice.

«Vieni su mie gambe con vino»

Giovanna si spostò con la flute.

«Domani io prendo aereo»

«Hai detto che conoscevi Marco!» si ribellò lei, allontanandolo dall'abbraccio.

«Sì prossima volta»

«PROSSIMA VOLTA?!»

«Giovanna, no pazza please…»

«Ok! Spiegami per favore»

«Ecco ora brava»

They dined in their bathrobes on the terrace, enjoying a swordfish risotto paired with a lively and cheerful Falanghina Biondo wine, just like the evening air. "Did you really have concerns about going out in the evening?" Giovanna inquired. George chuckled, spreading the arms of his bathrobe. "No, not really. I am tired. I am tired of you," he said playfully and grinned. "Come sit on my lap with your wine," he suggested. Giovanna shifted with her glass. "You mentioned knowing Marco!" She protested, pulling away from his embrace. "Yes, next time," George replied. "Next time?!" Giovanna exclaimed. "Please, Giovanna, don't get upset," George implored. "Alright, please explain," she acquiesced.

«Dimmi!» lui tentò di catturarle la mano ma lei si divincolò infastidita.
«Difficult…»
«Questo lo capisco, pensa per me quanto è difficile salutarti domani!»
«Io amore per te. Ok?»
«Ok»
«Io pensare lontano. Io come mangiato tanta pizza! Io male a pancino»
«Hai bisogno di digerire il nostro rapporto? Davvero? Ma io non ne sono mai sazia! Io non posso pensare di digerirti, perché vorrebbe dire che sei andato via, che sei lontano da me…io voglio saziarmi di te, con te, in ogni momento!»
«Giovanna, noi mangiare bene così, ma tutti i giorni, noi dottore! Io quiete mia casa. Mia casa vera, mio cibo vero, mio caffè, mio latte, mia routine. I need my home»

"Tell me!" He tried to capture her hand, but she pulled away, annoyed.
"It's difficult..." she began.
"I understand that part. Just think about how hard it is for me to say goodbye tomorrow!" he implored.
"I love you. Okay?" she replied. "Okay."
"I'm thinking about home. I've eaten so much pizza! My stomach hurts," she confessed. "Do you need to digest our relationship? Really? But I'm never satisfied with you! I can't think of digesting you because that would mean you're gone, you're far away from me... I want to be filled with you, by you, all the time!" Giovanna exclaimed.
"Giovanna, we've eaten well like this, but every day? We need a doctor for that! I need my home," he explained.

Lei si guardò pensierosa le mai raccolte in grembo.

Era un'opzione che non aveva calcolato. Che sentisse nostalgia di casa.

«Tu puoi mia casa?»

«Mi stai chiedendo se posso venire a Londra?»

«E a far che? Senza Marco? No impossibile»

«Giusto! Io no chiedere. It's impossible»

«Quindi tu torni a casa tua per pensare, io alla mia vita, forse ritorni, forse no. Io non posso venire da te perché sarei un pesce fuor d'acqua, tu non puoi vivere con me, perché non accetteresti il compromesso di un figlio disabile…quindi ci salutiamo qui!»

«We don't say goodbye forever»

«E per quanto? Una settimana?»

«Un anno. Prox anno io qui»

She looked down at the seashells collected in her lap. It was an option she hadn't considered, that he might be feeling homesick.
"Are you asking if you can come to my home in London?" she inquired.
"And do what? Without Marco? No, it's impossible," he replied.
"Exactly! I'm not asking. It's impossible," she affirmed. "So, you're going back to your home to think, and I'll return to my life. Maybe you'll come back, maybe not. I can't come to you because I'd be out of my element, and you can't live with me because you wouldn't accept the compromise of having a disabled child... so we're saying goodbye here!" she said, with a tinge of sadness.
"We don't say goodbye forever," he replied.
"And for how long? A week?" "One year. Next year, I'll be here," he assured her.

Giovanna si alzò definitivamente. L'incanto era rotto.

L'illusione era scoperta. La sorpresa faceva schifo.

«No, thank you!»

Sì diresse come un soldatino alla marcia verso le sue cose, raccattò i vestiti e li sbattè nel borsone, prese solo i suoi, si infilò il top e i pantaloncini da basket, rapidamente.

«Cosa fare tu?» la raggiunse allarmato George.

«Io let's go!»

«Cosa? Tu no parlare inglese! Cosa fare? Perché borsa?»

Si mise le Converse ai piedi, era vero, puzzavano. Puzzava la vita. Puzzava di stantio e di marcio, puzzava di una vacanza rubata e qualche regalo per accontentare una vanità effimera.

Giovanna got up for good. The enchantment was broken. The illusion was uncovered. The surprise was disgusting.

"No, thank you!" She marched like a little soldier towards her things, picked up her clothes, and stuffed them in her duffel bag, only taking her own. She quickly put on her top and basketball shorts.

"What are you doing?" George joined her, alarmed.

"I say let's go!" she replied.

"What? You're not speaking English! What are you doing? Why the bag?" he asked.

She put on her Converse shoes; they did indeed stink. Life stank. It reeked of staleness and decay, reeked of a stolen vacation and some gifts to satisfy fleeting vanity.

Puzzava di una vita difficile che tornava esuberante in tutto il suo splendore a rincuorarla.

Chiuse la lampo del borsone, allacciò le stringhe delle Converse, si eresse rigida nell'anonimia di una stanza d'albergo e lo guardò.

«Ciao George, buone cose, come diciamo noi italiani educati»

«Cosa dici? Tu pazza?»

Lui provò a prenderla.

Lei si sottrasse decisa.

Cosa diceva? Diceva no.

Il compromesso era Marco. Suo figlio. Un bimbo che aveva bisogno di lei, come madre, come guida, come mano per sollevarsi, mangiare, vestirsi e lavarsi.

L'unico compromesso che avrebbe accettato era questo.

Per amore.

Si voltò, afferrò la maniglia della porta e aprì.

It reeked of a difficult life that returned in all its splendor to cheer her up. She zipped up the duffel bag, tied the laces of her Converse shoes, and stood tall in the anonymity of a hotel room, looking at him.

"Goodbye George, good things, as we polite Italians say."

"What are you saying? Are you crazy?" He tried to grab her.

She evaded decisively. What was she saying? She was saying no. The compromise was Marco. Her son. A child who needed her, as a mother, as a guide, as a hand to lift, feed, dress, and bathe him. The only compromise she would accept was this. For love. She turned, grabbed the door handle, and opened it.

«Giovanna no! Parliamo!»

«E di che? Della prossima vacanza? Mare o montagna?»

Lui cercò il suo braccio, ma la porta era aperta e George spaesato dalla sua inibente educazione, dalla sua placida atonia, dal suo humor benpensante, rimase lì a fissare una porta aperta.

Non sarebbe stato difficile.

Un taxi per la stazione e poi il primo treno per casa.

E tutto sarebbe dimenticato.

Non sarebbe stato difficile.

Chiamarla, dirle ti amo, ti porto a casa nostra, in Italia, con tuo figlio.

Una fitta al cuore l'avvertì che non tutto sarebbe stato dimenticato.

Che i baci, le carezze, le risate, lo sguardo tenero dell'amore non sarebbe stato dimenticato.

Ma accontentarsi?

Di una vacanza all'anno?

Scosse la testa.

"Giovanna, no! Let's talk!"

"And about what? Our next vacation? Beach or mountains?"

He tried to grab her arm, but the door was open, and George, bewildered by her inhibiting manners, her placid lethargy, her well-mannered humor, stood there staring at an open door. It wouldn't be difficult.

A taxi to the station and then the first train home. And everything would be forgotten. It wouldn't be difficult. Calling her, telling her,

"I love you, I'll take you to our home in Italy with your son."

A pang in his heart warned him that not everything would be forgotten. That the kisses, the caresses, the laughter, the tender look of love would not be forgotten. But settle? For one vacation ayear?

He shook his head.

Le lacrime sgorgarono.

Ecco un bel pianto.

«Signò, tutto bene?»

«Sì mi porti alla stazione di Napoli. Subito»

«Sta bene?»

«No, cazzo non vede che piango! Le sembra che sto bene!»

Il taxista si ridusse in silenzio e guidò.

Napoli scorreva veloce nelle luci, nell'armonia di una città viva di notte, viva di giorno.

Immobile il mare, i ragazzi sui muretti, il folclore di una serenata che non sarebbe stata la sua.

«Ventidue euro, quella è la stazione»

«Tenga» e scese.

Aveva chiamato Marco solo una volta, povero cucciolo, sarebbe tornata al suo lavoro, magari avrebbe cercato qualcosa di più decoroso, oppure no.

Tears flowed freely. A good cry.

"Sir, is everything okay?"

"Yes, take me to the Naples train station. Right away."

"Are you okay?"

"No, damn it, can't you see I'm crying! Does it look like I'm okay?"

The taxi driver fell into silence and drove on.

Naples sped by in the lights, in the vibrant pulse of a city alive at night and during the day. The sea was still, with young people sitting on the walls, the folklore of a serenade that wouldn't be hers.

"Twenty-two euros, that's the station."

"Keep the change," she said as she got out. She had only called Marco once. Poor little puppy. She would return to her job, maybe look for something more decent, or maybe not.

Il suo lavoro in fondo era comodo.

George fissò la porta aperta, richiudersi automaticamente.

Il click lo riportò alla realtà del suo sbigottimento.

Era andata via.

Nel bel mezzo di una conversazione.

Inaccettabile.

Era matta.

Si sedette sul letto, aggravato. Forse avrebbe potuto affrontare diversamente l'argomento.

Con maggiore savoir faire.

E avrebbe forse ottenuto un risultato diverso?

Forse no.

Cosa era disposto lui a fare.

A cambiare?

Ad accettare altro dalla sua consuetudine?

La risposta in verità era no.

Sempre no.

Her job was, after all, comfortable.

George stared at the open door, which automatically closed itself. The click brought him back to the reality of his astonishment. She had left. In the middle of a conversation. Unacceptable. She was crazy.

He sat down on the bed, aggravated. Perhaps he could have approached the subject differently. With more savoir-faire. And would he have maybe obtained a different result? Perhaps not. What was he willing to do? To change? To accept something other than his usual routine? The truth was that the answer was no. Always no.

Quindi si alzò, chiuse la porta vetri, tirò le tende e si infilò sotto le coperte. L'indomani aveva la sveglia programmata alle 8,00.

So he got up, closed the glass door, drew the curtains, and slipped under the covers. The next day, he had the alarm set for 8:00 AM.

Epilogo

«MMMMAAMAAMAA» Marco allargò le braccina esili verso la sua mamma, un filo di saliva gli pendeva all'angolo della bocca per l'emozione.
«Piccolotto hai fatto il bravo?»
«SSIIIS»
«Cosa mi racconti?» lo abbracciò forte, accarezzandogli i capelli, ricomponendo un lecco disordinato.
«Dopo facciamo un bel bagno…sento un odorino qui…»
«MMMAAAMMMAA NO, Bagggnnnnooo no»
«Qui c'è un passerotto obbediente?»
«IIIooooo»
«Bravo passerotto mio» e gli stampò un bel bacio in fronte.

Epilogue

"MMMAAMAAAMAA"
Marco stretched his tiny arms towards his mom, a trickle of saliva hanging from the corner of his mouth due to excitement.
"Did you behave well, little one?"
"YEEESSS," he replied.
"What can you tell me?" She hugged him tightly, stroking his hair and fixing his messy tuft.
"Afterwards, we'll have a nice bath... I smell something here..."
"MMMAAAMMMAA NO, no baatthh," he protested.
"Is there an obedient little bird here?"
"YEEESSS," he replied.
"Good little bird," and she planted a sweet kiss on his forehead.

INDICE

Finito di stampare giugno 2023

Prezzo di copertina 12,50 euro

Printed in June 2023

Cover price 12.50 $